Perry Payne

Abgestürzt im Trockenwald
DORNEN DES CHACO

Roman
Frei nach wahrer Begebenheit

AF145039

Perry Payne Books

„Drei Dinge helfen, die Mühseligkeiten des Lebens zu tragen: Die Hoffnung, der Schlaf und das Lachen." (Immanuel Kant)

1. Auflage

Alle Rechte liegen bei PPB.
© 2020 / 2021 Perry Payne
perry-payne.de

Ein Buch von PPB – Perry Payne Books

TWENTYSIX
Eine Marke der Books on Demand GmbH

Herstellung und Verlag:
BoD – Books on Demand, Norderstedt

Cover: Perry Payne
Korrektorat: Petra Liermann
Verantwortlich für den Inhalt des Textes ist der Autor
Perry Payne
Buchsatz: PPB
Druck und Vertrieb: PPB bei TwentySix

Bibliografische Information der Deutschen Nationalbibliothek: Die Deutsche Nationalbibliothek verzeichnet diese
Publikation in der Deutschen Nationalbibliografie; detail-
lierte bibliografische Daten sind im Internet über
dnb.d-nb.de abrufbar.

ISBN: 9783740782405

PERRY PAYNE

Abgestürzt im Trockenwald
DORNEN DES CHACO

Prolog

„Und geht es durch dunkle Täler, fürchte ich mich nicht, denn ich habe gesehen die Welt und das Leben und was auch immer geschieht."

Damals, mit sechs Jahren, wusste ich nicht, dass ein Blick und die Worte zum Abschied die letzten sein könnten. Heute weiß ich, dass es jeden Tag so kommen kann und der Augenblick zählt. Ich verlasse mich nicht mehr auf die Zukunft oder irgendwelche Pläne, wie ich sie mir einst ausgeschmückt habe, sondern nehme den Tag und den Augenblick, wie er ist.

Dabei ist mir nicht einmal etwas Schlimmes zugestoßen. Doch musste ich mich fragen, ob es nicht viel erschreckender ist, wenn einem geliebten Menschen etwas widerfährt.

Ich möchte euch die Geschichte meines Daddys erzählen, die an einem normalen Tag, am 11. Februar 2004 begann und in einer eiskalten Ungewissheit seinen Höhepunkt fand.

Mein junges Leben war bis zu diesem Tag in bester Ordnung, wenn ich die vielen kleinen Dinge einmal ausnehme wie einen lauten Streit in der

Familie hier, eine Schramme auf der Weide dort oder den abgefallenen Arm meiner geliebten Puppe. Viele Jahre später erkannte ich in dieser Unordnung eine gewisse Struktur innerhalb des Lebens und damit eine Routine und Ungezwungenheit. Vielmehr noch: Sie stellte den Eckpfeiler für mein unbekümmertes Leben dar und öffnete später den Geist für die Malerei und Romantik, für den bewussten Augenblick beim Spiel oder einen bedeutsamen Überblick, wenn andere Menschen längst in Hektik verfallen.

Heute weiß ich, dass eigene Erfahrungen und schreckliche Ereignisse einen abstrusen Blick auf die Welt offenbaren, der uns sonst in der täglichen Monotonie entgangen wäre. Beeinflusst von der Angst, von Geschichten anderer oder deren unglaublichen Erkenntnissen verhält sich unser Herz wie ein betörender Magier, der die Welt mit seinen Illusionen zu kaschieren vermag.

Ich war doch noch so klein, habe an die vergnüglichen Schmetterlinge, den bunten Regenbogen und den Weihnachtsmann geglaubt. Und an all das Gute in dieser Welt, das Spiel, die Freundschaft und sogar ein wenig an die Liebe und an einen linearen Lauf der Dinge. Nie habe ich daran gezweifelt, eines Tages selbst Kinder zu haben und ein eigenes Haus. Ich war mir sicher, Grandpa würde immer auf dieser Welt sein und ich selbst würde irgendwann Grandma werden. Meine Vorstellungen vom Leben standen fest. Bis zu diesem Tag, der alles auf den Kopf stellte.

Anscheinend hat das Leben seine eigenen Pläne mit jedem von uns. Da können wir uns noch so viel vornehmen und alles an unsere Ziele setzen, das Schicksal geht seinen eigenen Weg.

Aber der Reihe nach.

Der Tag begann völlig normal, das Wetter war herrlich und es war Sommer in Paraguay. Wenn ich mich ein wenig anstrenge, kann ich mich genau an die geräuschvollen Zikaden und den Geruch von trockenem Gras erinnern. Auch spüre ich fast noch die Blasen am Handballen und fühle das warme Flusswasser und wie meine Hände darüber glitten, als wäre ich wieder sechs Jahre alt und mit Dad auf dem alten Kahn.

Dieser Tag begann wundervoll und ich werde ihn nie vergessen. Aber anschließend wendete sich das Blatt und damit meine Einstellung und mein Leben.

Selbst wenn ich nicht an Gott glaube, obwohl einiges dafür spräche, glaube ich doch an das gerechte Gefüge, die Natur und an ein Schicksal. Alles, was auf dieser Erde geschieht, wird von einem unsichtbaren Band zusammengehalten, ist strukturiert und hat einen tieferen Sinn. Selbst wenn wir ihn nicht erkennen.

„Deshalb sorgt euch nicht um morgen und tut, was ihr tun müsst, von Herzen." Ivey Wilson

Piranha

Weit über eintausend Sternchen glitzerten wie Feenstaub über den seichten Wellen des Rio Timane. Vom alten Kahn aus bis hin zum Ufer tanzten sie für Ivey, als hätte sie Geburtstag oder wäre bei einem Fest der Freude. Im Takt eines gemütlichen Walzers schaukelte mittendrin die Spitze des Schwimmers.

Albert hatte die Angel am Abend zuvor und bis spät in die Nacht hinein aus einem Stock und einem Korken gemacht, obwohl Joe die Idee dafür gehabt hatte. Aber wie üblich hatte sein Dad darauf bestanden, sie zu bauen. Zum einen kannte er sich besser mit solchen Dingen aus und zum anderen brachte es nicht viel, mit dem alten Sturkopf zu diskutieren. Die Alternative mit einem kühlen Bier auf der Terrasse kam Joe durchaus gelegen.

Zu Hause hatte er ständig zu tun und hier, bei seinem Dad auf der Ranch, konnte er etwas entspannen und sich mit seiner Tochter Ivey befassen. Sie hatte sich schon so lange auf das Angeln gefreut

In diesen Stunden genoss Joe die angenehmen Seiten des Lebens beim Nichtstun und seine Tochter hatte ihren Spaß.

Sanft trieb der Kahn in der seichten Strömung flussabwärts und trug Joe in flüchtige Träume und leichte Gedanken.

In diesem Sommer brannte die Sonne bereits kurz nach dem Aufgehen über der weiten Ebene des Chaco. Die Hitze war fast wie vor vier Jahren, als das Feuer auf die Weide gekommen war.

Im Gegenlicht musste Joe blinzeln. Er hielt sich die flache Hand als Schirm an die Stirn und sah über die trockenen Büsche am Ufer hinweg. Der Giebel des Herrenhauses war zu sehen sowie der gewaltige Wasserturm hinter der Farm.

In dieses lauschige Bild fügte sich die strenge Melodie der Zikaden, die wie ein Regenschauer die Luft erfüllte, nur stand ihr Lied nicht für eine Abkühlung, sondern als Bekenntnis der Dürre, den heißen Staub und das gleichförmige Leben auf dem Land.

Manchmal, wenn die Zikaden im Einklang des Rhythmus lagen und sich zwischen den lauten Passagen die Stille für wenige Augenblicke einstellte, konnte Joe den monotonen Gesang eines Vogels von der Viehweide hören.

Nach den letzten Stunden der Ruhe wurde das alte Holz unter seinem Hintern unbequem und er rutschte herum, stemmte sich schwerfällig hoch und schob sich bis an die Kante vor. Er dachte an seinen nächsten Auftrag. Immerhin musste er in ein paar Tagen in Asunción einen wichtigen Kunden bedienen. Doch bis dahin wollte er die Zeit und die Ruhe genießen.

Seine Tochter Ivey saß mit ihrem Strohhut mit der breiten Krempe wie ein Monument auf dem einzigen Sitzbrett vorn im Kahn und verfolgte die langsamen Bewegungen des Schwimmers.

Ihm gefiel ihre Beharrlichkeit, die sie von seinem Dad geerbt haben musste, auch wenn er speziell diese Eigenschaft an ihm kritisiert hatte. So, wie sie sich konzentrierte und auf den Erfolg wartete, einen dicken Fisch fürs Abendessen zu angeln, wirkte sie nicht wie die anderen Sechsjährigen, die nach kurzer Zeit die Lust am Spiel verloren, nur weil sich im Wasser nicht das Geringste tat. Gewiss hatte sie ihren Spaß und in der Morgendämmerung mit eigenen Augen gesehen, dass es hier durchaus Fische gab. Nun, ein kleines Erfolgserlebnis hätte ihr nicht schaden können und ihr möglicherweise das Angeln zu einer lieben Gewohnheit gedeihen lassen, sie geprägt und auf neue Gedanken gebracht, die Einfluss auf ihr späteres Leben haben könnten, selbst wenn es nicht beim Angeln bliebe. Zumindest würde ihr ein Fang die kommenden Stunden oder gar den restlichen Tag versüßen, in denen sie aufgeregt jedem, der ihr über den Weg lief, alles haarklein beschreiben würde. Joe konnte sich diese Szene gut vorstellen. Er kannte ihre Überschwänglichkeit und ihr frohes Gemüt.

In den vergangenen Stunden hatten beide nicht viel gesprochen. Stattdessen ließen sie ihre Gedanken mit dem trüben Wasser davontreiben.

Die monotone Zeit im Kahn ließ ihn über viele Dinge und die Zukunft nachdenken. Ansonsten kam er nicht oft dazu. Aber im Großen und Ganzen lief sein Leben geordnet und erbaulich – irgendwie jedenfalls.

Apathisch schmunzelte er vor sich hin.

Seit er Ivey gesagt hatte, dass sie für ein paar Tage hierher in den Chaco zu Grandpa reisen würden, lag sie ihm mit dem alten Kahn in den Ohren. Und er hatte ihr versprechen müssen, ihn zu reparieren und sie endlich zum Angeln mitzunehmen.

Die taffe Ivey hatte das Profil von Brenda, seiner Frau. Mit ihren wilden Haaren, der kleinen runden Nase und gleichermaßen ihrem Stolz und der Unbeugsamkeit.

Bei diesen Gedanken verblasste sein Lächeln, als würden dunkle Wolken aufziehen. Das war definitiv nicht der geeignete Augenblick, an Brenda zu denken und diesen schönen Moment zu verderben. Zu Hause, in Encarnación, gab es ausreichend Probleme dadurch. Aber jetzt war er hier und saß mit seiner Tochter in diesem Kahn. Nur

sie beide, die Natur und ihr zukünftiges Abendmahl.

Ein gelber Schmetterling zog seine Kreise über
dem Wasser.

Unbeirrt hielt Ivey die Angelrute mit beiden
Händen fest umschlossen und wartete auf den
richtigen Moment und ihren ersten Fisch. Neben
ihr lag die Puppe mit dem rot-weiß karierten Röck-
chen, das Grandpa im vergangenen Jahr kurz vor
Weihnachten genäht und angeklebt hatte. Die
Puppe hatte sie mit drei bekommen und war seit-
her ständig an ihrer Seite.

Joe zog sich seinen abgewetzten Cowboyhut
tiefer ins Gesicht, genoss den Augenblick, lehnte
sich zurück, schlug die Hände hinter dem Kopf
zusammen - der Kahn quittierte seine Bewegung
mit seichtem Schaukeln - und streckte die Füße
unter dem Sitzbrett hindurch nach vorn aus. Aus
dem verbeulten Blecheimer glotzte ihm das tote
Auge ihres einzigen Fangs entgegen. Zum Glück
hatte er gleich zu Beginn diesen Fisch erwischt,
auch wenn es nicht zu den Glanzleistungen seiner
Karriere beim Würmerbaden zählte.

Es wurde Zeit aufzubrechen.

„Hol die Leine ein, Mädchen", sagte er träge,
gähnte hörbar und dehnte seinen Rücken durch.

„Nur noch ein bisschen", entgegnete Ivey hoffnungsvoll. Unter ihrer breiten Krempe sah sie stur
ins Wasser.

„Es wird zu heiß", sagte Joe.

„Aber ich will auch einen Fisch." Schmollend zeigte sie ihr Profil und sah zum Schwimmer.

„Beim nächsten Mal fängst du einen", sagte Joe. „Versprochen."

„Och nö", gab sie lang gezogen zurück und sah ihn flehend mit ihren großen dunklen Augen an.

In der Geschwindigkeit eines alten Mannes, dessen Bewegung vielmehr der Hitze und Entspannung geschuldet war und nicht seiner körperlichen Verfassung, setzte er sich aufrecht, schob den Hut mit ausgestrecktem Zeigefinger aus dem Sichtfeld und rief: „Hey, kleine Dame! Auf geht's."

Sie reagierte nicht.

„Nicht alles im Leben gelingt beim ersten Mal. Das ist okay. Heute hast du gelernt, wie man den Wurm ansteckt und die Leine auswirft, und wenn du dran bleibst und nicht den Mut verlierst, wirst du beim nächsten Mal Erfolg haben."

Unter ihrem Strohhut standen lustig die Zöpfe zu beiden Seiten weg und sie hielt beharrlich die selbst gemachte Angel und verschob die Lippen, wie sie es immer tat, wenn sie ihren Willen durchsetzen wollte.

„Wie es aussieht, beißen die heute nicht mehr. Denen ist es auch zu warm. Der Kleine wird für das Essen genügen müssen." Joe zeigte zum Eimer.

„Ich esse keine Piranne!", protestierte sie und folgte mit angewidertem Gesicht seinem Finger.

„Niemals im Leben!" Sie bekundete ihre Abscheu mit furchterregender Grimasse. „Der ist voll eklig." Sie steckte ihre Zunge zum Fisch raus, der, tot im Eimer liegend, mit seinen vielen winzigen, spitzen Zähnen und de facto gefährlich und für Zartbesaitete durchaus abstoßend aussah.

„Grandpa zaubert daraus einen leckeren Braten. Du wirst schon sehen." Er griff nach ihrer Angelrute und Ivey riss sie herum, damit er sie nicht zu fassen bekam. Hektisch schaukelte der Kahn. Joe hielt inne, balancierte den Kahn aus und reckte seine geöffnete Hand vor.

„Gib mir die Angel." Sein Ton wurde fester.

Sie trotzte.

Als der Kahn wieder still im Wasser lag und die Wellen zu beiden Flussufern davontrieben, sagte Joe entspannt: „Na los, bevor wir einen Hitzschlag bekommen. Im Haus gibt es frische Zitronenlimonade." Er nahm seinen Hut vom Kopf und wischte sich mit dem Unterarm über die schweißnasse Stirn.

Ohne ihn anzusehen, stöhnte Ivey und reichte die Angel nach hinten. Er nahm sie entgegen, holte die Angelschnur ein, legte den Stock längs zum Kahn neben seine und ruderte an Land.

Derweil legte sich Ivey über den Kiel und ließ ihre Handflächen auf der Wasseroberfläche surfen.

Seine Ruderbewegung war kräftig.

„Übrigens heißt es Piranha." Er schnaufte.

„Ich weiß das doch", sang sie, tauchte eine Hand unter Wasser und nahm sie schnell wieder heraus.

Noch bevor sie ordentlich am Steg angelegt hatten, sprang das Mädchen hoch, hopste aus dem Kahn und tanzte Richtung Haus. Joe hörte sie aus der Ferne, hinter dem großen Busch rufen: „Wir haben eine Piranne, Grandpa! Wir haben eine echte Piranne geschnappt."

Das Seil am Bug band Joe dreimal um den Pfosten, legte sich beide Angelruten über eine Schulter, nahm den Eimer und die Puppe in die andere Hand und folgte seiner Tochter.

Vor dem Haus stieg er die Holzstufen zur Terrasse hoch und stellte die Angeln neben der Tür ab.

Hopsend kam Ivey herausgeschnellt, schnappte ihm den Eimer aus der Hand und verschwand wieder drinnen. Ihr freudiges „Sieh nur, wie ein silberner Goldfisch" erstickte in einem grellen Schrei.

Joe stürmte herein.

Grandpa machte einen Satz zu Ivey, kniete sich vor sie und beide sahen ihre verwundete Hand und das viele Blut daran.

Die Kleine schrie, zappelte und weinte.

„Wir waschen die Wunde aus", sagte der kräftig gebaute grauhaarige Grandpa und ging mit ihr in die Küche zum Spülbecken. Er war ein großer

Mann mit gegerbtem Gesicht, tiefen Falten und einer zerschlissenen Latzhose.

„Bring mir das Handtuch", rief er trocken zu Joe.

„Wie ist das passiert?" Joe sauste zum Küchenschrank und zerrte ein Geschirrtuch heraus.

„Sie hat sich an den Zähnen verletzt. Sieht schlimmer aus, als es ist", sagte Grandpa in seiner ruhigen Art, sah Joe an und riss ihm das Küchentuch aus der Hand. Dann tupfte er einen Teil vom Blut damit ab und wickelte es fest um die kleine Hand. Als der Knoten festsaß, wandte er sich an Joe und zeigte zum Eimer mit dem Fisch. „Wie kannst du das einem kleinen Mädchen überlassen?"

„Wir waren doch beide dabei, Dad", verteidigte sich Joe.

Ivey legte ihre gesunde Hand auf den Wickel und schluchzte leise. Sie war ein tapferes Mädchen.

Immer noch zeigte Grandpa zum Eimer und wurde lauter: „Und was sollen wir damit anfangen? Was hast du dir dabei gedacht?"

„Du bereitest ihn zu." Joe zuckte mit den Schultern und ergänzte rasch: „Ich weiß, dass er viele Gräten hat, aber es war unser erster Angelausflug und ich dachte …"

„… dass an dem Kerl etwas dran ist, was drei Mäuler stopft? Du hättest ihn auf der Stelle zurückwerfen müssen", unterbrach ihn Albert unsanft, winkte ab und sagte wie ausgewechselt, in völlig normalem Ton: „Der Traktor braucht einen neuen Riemen."

Joe brauchte einen Moment für den Themenwechsel. Dann sagte er: „Ich kümmer mich darum."

„Morgen muss ich zum Markt. Kannst du für mich jemanden vom Flughafen abholen?"

Morgen?, dachte Joe. Die nächsten vier Tage wollte er kürzertreten. Soweit er sich zurückerinnern konnte, wurde nie etwas bei Albert daraus. Hier gab es immer ausreichend zu tun.

„Ich habe einen Interessenten für die alte Farm neben Dravis. Er will sie sich ansehen." Nebenbei wischte sich Albert die Hände trocken und strich Ivey tröstend über die Haare. „Heute Abend merkst du nichts mehr davon. Ist nur ein kleiner Kratzer."

Sie nickte mutig.

„Wer interessiert sich für die Wälder dort draußen?" Joe hielt am Themenwechsel fest.

„Er ist ein Doc aus Deutschland. Andre Engelmann. Er hat wohl eine Papierfabrik und will sich das Holz und die Gegend ansehen."

Joe nickte. Das ergab Sinn. „Fliegt Lowes?", fragte er.

„Nein, er hat heute Morgen abgesagt. Sitzt für zwei Wochen in Mexiko fest. Aber ich rufe gleich

Ruenco an. Also, machst du es?"

„Geht klar. Wie lange will Engelmann bleiben?"

Albert goss Ivey den Rest Limonade ein und nahm die leere Kanne mit in die Küche. „Er bleibt zwei Tage auf dem Hof. Dann fliegt er zurück."

„Ist ja ein kurzer Besuch." Wahrscheinlich hatte sein Dad auch keine weiteren Informationen dazu und außerdem ging es ihn nichts an. Er beließ es dabei. „Also bringe ich ihn anschließend her. Brauchst du etwas aus der Hauptstadt?"

„Ja, ein paar Gewürze", sagte Grandpa kurz, während er saubere Teller und Tassen vom Abwasch in den Schrank stellte. „Ich mache dir eine Liste fertig."

Joe nickte, brummte kurz und ging zu Ivey. „Ich feuere gleich den Grill an. Willst du zusehen?"

Sie zuckte mit den Schultern und trank einen Schluck.

Der Esstisch stand in der Zimmerecke neben den Bücherregalen. Über der Sitzbank hing das große Gemälde, von dem Albert behauptete, dass er es von einem Künstler beim Kartenspiel gewonnen hatte und es heute eine Viertelmillionen Dollar Wert wäre.

„Ich hasse Pirannen. Hab nicht mal richtig angefasst und ratsch, hat er mich angegriffen." Ivey schmollte und wischte mit dem Zeigefinger kleine Gesichter auf das beschlagene Trinkglas.

Joe entging Alberts Blick mit seinen zusammen

gekniffenen Augen nicht, was wohl bedeuten sollte, dass er dem Mädchen die Sprache ordentlich beibringen sollte, oder vielleicht auch, dass er diese Fische hasste, weil kaum Fleisch an ihnen war. Da brauchte Dad gar nicht so vorwurfsvoll zu gucken. Das wusste er selbst genau. Beides.

„Aber es tut nicht mehr weh." Stolz hielt Ivey den Verband hoch.

Vorsorglich schritt Joe ein, bevor Albert wieder mit seinen Vorwürfen beginnen konnte: „Sag mal, du wolltest doch das Gemälde inserieren." Er zeigte auf das Aquarell über der Bank und betrachtete den Steg und die beiden Segelboote darauf, die bei genauerem Hinsehen mit nur wenigen Strichen gemalt worden waren. Vielleicht würde er so etwas auch mit ein paar Farbresten hinbekommen?

„Der Wendland wird nicht verkauft. Ich brauche das Geld nicht", sagte Albert trocken.

„Ich frag nur, weil du beim letzten Mal davon gesprochen hast", warf Joe ein.

„Mag sein."

Mit „Mag 1737768403 sein" beendete Albert unliebsame Themen. In diesem Fall hatte es kaum mehr Sinn, weiter darauf einzugehen.

„Schon gut. Das ist deine Sache", beendete Joe das Thema. „Ich kümmere mich jetzt um das Feuer." Er erhob sich.

„Ich hätte dir das Bild längst gegeben."

Joe blieb stehen und sah seinem Dad in die

Augen. „Was meinst du damit? Ich hab es nie verlangt."

„Brenda ist nichts für dich und schon gar nicht für Ivey."

„Nicht vor dem Kind, Dad!", mahnte Joe.

Der winkte ab und wandte sich an die Kleine: „Magst du Gurkensalat zum Fisch?"

„Ihr könnt den Fisch selber haben", sagte sie trotzig. „Ich will überhaupt nie wieder Pirannen sehen. Nicht im Fluss und auch nicht hier." Ivey verzog ihr Gesicht zu einer angeekelten Grimasse und zeigte den verbundenen Finger vor. „Warum muss mir immer so etwas passieren?"

„Das hätte jedem zustoßen können. Schau mal, bei manchen Fischen muss man einfach ein wenig aufpassen."

Ivey gab sich mit Joes Antwort nicht zufrieden. „Aber warum?"

Grandpa übernahm: „Glaube mir, Kind, es ist genau richtig, was im Leben geschieht. Dein Weg und der jedes Einzelnen wird nicht immer einfach sein, aber wir lernen aus den guten und schlechten Erfahrungen und eben solchen Vorfällen."

Ivey nickte.

„Sieh mal, jedes Hindernis lässt dein Herz und deinen Verstand gedeihen. Je nachdem, was du aus Erfolg und Misserfolg lernst, entwickelt sich die Weisheit und letztlich dein Charakter und daraus entsteht ein ganz besonderer Mensch." Albert setzte sich auf den Stuhl ihr gegenüber und verschränkte die Arme. „Und ich werde immer hier sein und mit Stolz deinen Weg verfolgen."

Wieder nickte sie. Diesmal eifriger und mit großen klaren Augen. Sie lächelte.

„Danke Daddy", flüsterte Joe ihm zu und verließ das Haus. Er wollte Paul, seinen Geschäftspartner, anrufen und sehen, welche Aufträge kommende Woche anstanden.

Für den morgigen Ausflug brauchte er nicht viel. Der Bus zum Flughafen ging in aller Herrgottsfrühe von El Puente, was eine kurze Nacht bedeutete, und am Nachmittag wäre er mit dem Deutschen wieder auf dem Hof.

Den Fisch am Mittag habe ich damals sausen lassen. Ich denke, das hat niemanden gestört, da Piranhas voller Gräten sind. Ungeachtet dessen hatten wir ja nur ein Exemplar. Ja, ich kann seinen Namen fehlerfrei aussprechen. Mein Dad hat es mich an diesem Abend gelehrt. Nur hin und wieder, wenn ich die Geschichte erzähle oder rumalbere, nenne ich ihn bei passender Gelegenheit immer noch eine Piranne.

Der restliche Tag verstrich mit belanglosen Vorkommnissen, an die ich mich heute nicht mehr so recht erinnern kann. Wahrscheinlich habe ich im Stall, mit Grandpas Dobermann und unten am Flussufer gespielt. Allerdings kann ich mich noch sehr genau an die Abendstunden erinnern, als ich vor dem Zubettgehen mit meinem Dad gesprochen habe. Eigentlich war es vielmehr ein kindliches Betteln. Ich wollte unbedingt so eine Glaskugel, in der es schneit, wenn man sie schüttelt. Denn ich kannte Schnee nur aus Erzählungen. Grandpa sagte dann immer, dass es nur alle Jubeljahre in Paraguay schneie und nicht mal liegen bliebe, aber ich könne jederzeit in den Ferien mit ihm in die Anden fahren. Dort sollte es die hohen Berge mit ewigem Schnee geben.

Jedenfalls hat mir Dad an diesem Abend versprochen, sich in Asunción nach einer Schneekugel umzusehen, und sich mit einem dicken Kuss auf meine Wange für den kommenden Tag mit den üblichen väterlichen Worten verabschiedet. Also: „Mach keinen Unsinn", „Hilf deinem Grandpa im Haushalt", „Halte dich vom Rio Timane fern" und solchen Sachen.

Doch wie sollte ich am folgenden Tag Grandpa helfen bei dem vielen Unsinn, den ich am Fluss angestellt hatte? Damals kannte ich die Aussage von Boccaccio zwar nicht, die lautet: „Es ist besser, zu genießen und zu bereuen, als zu bereuen, dass man nicht genossen hat", aber wie die meisten Kinder habe ich intuitiv danach gelebt.

Da ich nicht schlafen konnte, ging ich später in die Küche, um Milch zu trinken. Dad sammelte mich auf und brachte mich wieder ins Bett zurück.

Doch bevor ich mich hinlegte, durfte ich ein paar Minuten tanzen. Und ich tanzte für ihn und mich, für meine Träume, meine Puppe Mary und die Freude, die für das Leben unverzichtbar ist. Dann sang ich müde ein Lied.

Yo, que ingenuo fui
Al creer que al final de esta historia
Estarías ahí
Tu, en tu mundo, tu
Vas cayendo sin freno al vacío
Y no te podré seguir
Ya, no puedo vivir por ti
Me olvidé de mi
Yo, que mas puedo hacer aquí
Si ya te perdí
Si ya te perdí
Si ya te perdí

Anruf

„Hier, für dich." Jeffrey hielt Ruenco das mobile Telefon entgegen.

Der schniefte gerade eine Bahn Coke, schüttelte sich, wischte mit dem Handrücken über seine Nase und lehnte sich weit nach hinten zurück. Die alte Ledercouch knarzte.

Durch das kleine Fenster kam nur wenig Licht in das chaotisch überladene Zimmer und der Schein zeichnete stehende Nebelschwaden hinein, als würde blaugrüne Watte unter der Decke hängen.

„Hört sich nach einem Auftrag an", drängte der dunkelhäutige Jeffrey und fuchtelte mit dem Telefon vor seinem Gesicht herum. „Nimm."

„Wer ist dran?" Abwesend starrte Ruenco auf das Handy mit dem kleinen Display. Die Nummer konnte er nicht erkennen.

Jeffrey zuckte mit den Schultern. „Er will einen Flug buchen. Gehst du jetzt ran oder soll ich ihn abwimmeln?"

Ruenco schnappte ihm das Handy aus der Hand und hielt es sich ans Ohr. „Was kann ich für

Sie tun?"

Er hörte der Stimme im Handy zu.

„Albert? Ach, du bist das. Es ist eine Weile her. Wie geht es deiner Enkeltochter?"

Albert war einer der wenigen Kunden, die pünktlich bezahlten. Über Ivey, an deren Name sich Ruenco nicht erinnern konnte, erzählte Albert nichts weiter, als dass es ihr gutging. Er kam gleich zum Thema und Ruenco hörte so aufmerksam zu, wie es der inhalierte Stoff zuließ.

„Ich hab immer für dich Zeit. Oder hab ich dich schon mal hängen lassen? Wohin willst du überhaupt?"

Er nickte, auch wenn es Albert nicht sehen konnte. Dann sagte er: „Okay. Wann soll der Flug starten?"

Ruenco ließ Albert nicht aussprechen. „Morgen? Bist du auf der Flucht, Señor? Hey Mann, da sind Sachen zu erledigen, Anträge, Papierkram, Flugkontrolle und das alles. Nächste Woche können wir das einplanen. Frühestens." Er setzte sich aufrecht und wischte die übrig gebliebenen Krümel des weißen Pulvers mit der Handfläche vom Tisch und rieb sie anschließend an der Hose ab.

„Nein, nein. Hab ja verstanden."

Er rollte die Augen.

„Hör zu, Albert, du brauchst niemanden sonst fragen. Ich bekomme das hin. Wenn du sagst, du willst morgen fliegen, dann fliegen wir."

Mit der anderen Hand hielt Ruenco die Hörmuschel zu, schluckte und fragte Jeffrey: „Kannst du dich um den Tower kümmern? Der Auftrag ist für morgen."

„Wir haben keinen Sprit, schon vergessen?"

„Darum kümmere ich mich. Mach du den Rest."

Jeffrey verzog einen Mundwinkel und nickte.

„Alles roger, Albert. Wir sehen uns morgen. Bringst du mir eine Flasche von deinem Selbstgebrannten mit? Das Zeug ätzt dir zwar den Magen weg, aber es knallt besser als jeder andere Shit." Er strich sich durch die ungepflegten langen schwarzen Haare.

„Ach so, dein Sohn, ja klar. So machen wir das. Ich erwarte ihn morgen Vormittag am Eingang." Ruenco drückte den Knopf zum Auflegen und ließ das Handy über den Tisch rutschen.

„Sollten wir nicht besser warten, bis die Zulassung verlängert wurde?", wies ihn Jeffrey auf die behäbigen Behörden und seinen abgelaufenen Flugschein hin.

„Jemand muss die Kohle ranschaffen. Ob ich jetzt fliege oder kommende Woche für die nächste Lieferung, macht keinen Unterschied. Habe ich eine Wahl?"

Jeffrey zuckte mit den Schultern und wandte sich ab. Ruenco machte sowieso, was er wollte. Und mit dem Geld hatte er recht. Der nächste Flug musste finanziert werden und der Lenkserver der

Beachcraft wartete auch schon ein paar Wochen auf die Reparatur. Aber das konnte Ruenco verantworten. Wenn er mit der Ware nach Paraguay zurückkommen würde, hätte er genug Geld dafür sowie für die aufgelaufenen Schulden.

Von Asu bis in den Chaco war es nur ein Katzensprung und er hatte schon eine Idee, wie er den Sprit auftreiben wollte. Das war leicht verdientes Geld.

Fahrt zum Flughafen

Vor Sonnenaufgang saß Joe mit seinem rot karierten Hemd und einem alten Cowboyhut im überfüllten Bus nach Asunción. Er hatte in El Puente einen Sitzplatz neben der offenen Tür ergattert.

Der angenehme Fahrtwind lenkte vom Schweißgeruch der vielen Menschen und dem muffigen Interieur ab. Die Leute standen im Gang und auf den Stufen bei den Türen und ließen sich im Takt der Schlaglöcher hin und her schaukeln.

Von hier hatte Joe einen guten Überblick. Mal bewegten sich alle Körper gleichmäßig nach rechts, mal nach links, dann wippten sie wie bei einem gediegenen Walzer vor und zurück.

Der Himmel war sternenklar und die weite Ebene lag im Dunkel der Nacht. Vereinzelt lockerten Palmen das eintönige Land auf, die wie dunkle Gestalten aussahen, wie große Soldaten mit ausladenden Strohhüten.

Über diese Vorstellung musste Joe schmunzeln.

Er hatte sich eine Isolierflasche mit Kaffee, zwei Empanadas und ein großes Stück Sopa von

Grandpa mitgenommen. Jetzt war es Zeit zum Frühstücken.

Den Kaffeebecher gerade zu halten, war schon eine Kunst, doch den Inhalt nicht zu verschütten, war schier unmöglich, obwohl er ihn nicht einmal halb voll gegossen hatte. Der Kaffee tropfte auf seine Hose und das Hemd, wobei Joe die Hitze auf der Haut deutlich zu spüren bekam. Frühstück im fahrenden Bus war keine gute Idee. Doch jetzt hatte er damit angefangen, der Becher war voll und er wollte es zu Ende bringen. Langsam trank er weiter und blickte durch das verschmierte Fensterglas in die Nacht hinaus.

Die schmuddeligen Gardinen wippten und wedelten im Fahrtwind.

Der Augenblick, als ihn die Gedanken an die Probleme zu Hause wie aus dem Nichts überfielen, hätte nicht unpassender sein können. Im Bus gab es keine Ablenkung und er würde sie wohl eine ganze Weile mit sich herumtragen.

Das alles, also seine Beziehung, die ewigen Streitereien und die verdammten Kleinigkeiten, mit denen sie sich stundenlang auseinandersetzen konnten, war in den letzten Monaten aufreibend geworden und schon bald war es auf eine Trennung hinausgelaufen.

Zum Glück hatte sich sein Verhältnis zu Ivey dadurch nicht im Geringsten verschlechtert. Sie war sein Ein und Alles und er nahm sich auf dem alten aufgeplatzten Sitz des Busses vor, mehr Zeit mit ihr zu verbringen. Das war er ihr schuldig.

Und wie die Kleine gestern Nacht sowie die vielen anderen Male zuvor für ihn getanzt hatte, mit ihren wunderschönen Augen, verträumt und ganz bei der Sache, da war sie ein unbekümmerter Engel gewesen, der unzählige Male sein Herz berührt hatte.

Die ersten Tänze hatte sich Ivey aus dem Fernsehen abgeschaut und inzwischen war sie fast so weit, einen ausgewachsenen Samba in flüssigen Schritten vorzuführen.

Am Wochenende, wenn sie wieder in Encarnación sein würden und der Urlaub fast vorbei war, wollte sie ihm eine kleine Show präsentieren. Joe ahnte bereits, dass er einen neuen Tanz zu Gesicht bekommen würde und war mächtig stolz auf seine kleine Tochter.

Die Melodie von dem Lied am Vorabend ging ihm nicht aus dem Kopf, er summte es leise und füllte die Melodie mit dem passenden Text aus:

„Yo, que ingenuo fui.

Al creer que al final de esta historia.

Estarías ahí."

Dabei bildete sich Joe Iveys weiche Stimme ein und dachte über die Bedeutung des Liedes nach.

Ich war so naiv

indem wir an das Ende dieser Geschichte glaubten.

Du würdest da sein
Du, in deiner Welt,
Du bist in die Leere gefallen
Und ich kann dir nicht folgen.

Rasch hatten die Melodie und die schönen Gedanken die Trübnis und alle anderen Probleme, von denen er Abstand brauchte, vertrieben und ließen die Impulse des Geistes zu belanglosen Situationen und Dingen aus der Vergangenheit schweben.

Die kommenden 250 Kilometer sollte die Sandstraße nicht besser werden. Erst ab Mariscal wurde sie breiter und sogar von Zeit zu Zeit instandgehalten, was auf eine ruhigere und zügigere Fahrt hoffen ließ.

Gut zwei Stunden vor dem Ziel, in Höhe Estancia La Concepción, als der Tag längst angebrochen und der alte Bus randvoll mit Fahrgästen war, gab es ein Problem mit dem Motor. Lautes Röhren dröhnte von vorne.

Von der hinteren Sitzreihe vernahm Joe deutlich das Stöhnen einzelner Fahrgäste, die im Gang Schulter an Schulter standen oder sich am Einstieg an den Haltegriffen festhielten. Ein paar junge und mutige Leute saßen gar mit großen Koffern, Kisten und Leinenbündeln auf dem Dach.

Der Bus ruckte, knackte und schüttelte die Fahrgäste kräftig durch. Auf der unteren Stufe an der Tür wurde eine Frau nach außen gerissen, pendelte mit festem Halt am Griff und wurde gegen die Karosse geschleudert. Joe schnappte ihren Arm, preschte herum, packte sie am Shirt im Nacken und zog sie in den Bus zurück.

Vor der Frontscheibe und im Innenraum breitete sich dunkler, stinkender Qualm aus. Der Bus stöhnte und kam schaukelnd zum Stehen.

Joe zwängte sich mit der elegant wirkenden Frau mit ihren langen schwarzen Haaren, Mitte vierzig, zu seinem Platz durch und ließ sie sich setzen.

„Ist noch alles dran?", fragte er.

An der bleichen Nase sah er ihr den Schreck deutlich an. Sie nickte und sagte abwesend: „Ist nichts passiert. Danke, Señor."

„Nichts zu danken. Nennen Sie mich Joe."

Umständlich erhob sie sich und strich sich durch die Haare. „Ich danke Ihnen und will nicht auch noch Ihren Platz in Anspruch nehmen."

Während der Fahrer die Ruhe behielt und sich mit einem Wickel voller Werkzeug in der Hand zum Motor aufmachte, stiegen die meisten Leute aus. Wer einen Sitzplatz hatte, wartete im Bus. Die Fahrt war lang und die Plätze Gold wert.

„Das kommt gar nicht infrage", entgegnete Joe souverän. „Sie ruhen sich erstmal aus." Er deutete auf den Sitz und fischte die Thermoskanne aus dem Beutel, schraubte den Deckel ab, goss Kaffee hinein und reichte ihn hinüber. Sie setzte sich wieder.

„Nehmen Sie einen kräftigen Schluck. Das wird über den Schreck hinweghelfen."

„Das ist nicht nötig." Mit abwehrender Geste lehnte sie ab.

„Wir sollten die Zeit der Panne nutzen. Während der Fahrt zu trinken, ist keine gute Idee." Joe zeigte auf die getrockneten Kaffeeflecken auf seinem Hemd.

Vermutlich zauberte seine Unvollkommenheit ein Lächeln auf ihr Gesicht. „Kann schon sein und ich würde Ihr Angebot fürchterlich gerne annehmen, aber wenn ich Kaffee trinke, muss ich gleich auf die Toilette. Und wenn wir dann weiterfahren, könnte das schnell zu einer heiklen Situation werden. Sie wissen, was ich meine?"

Er stimmte nickend zu und blickte wieder zum Treiben vorn im Bus. Die Motorklappe der langen Schnauze stand offen und die vielen Männer daneben gestikulierten wild. Einer hantierte mit einem Schraubenschlüssel, dahinter gaben zwei weitere Männer vermutlich schlaue Ratschläge.

„Wie es aussieht, wird das eine Weile dauern, bis es weitergeht", sagte er zu ihr und dachte an seinen Termin am Flughafen.

„Die werden das schon hinbekommen. Irgendwie geht es immer weiter. Ich hatte letztes Jahr mit dem Moto eine Panne fünf Kilometer vor Loreto. Da gab es weit und breit keine Werkstatt. Ein älterer Mann hat mir schließlich aus den Rückleuchten ein paar Kabel entfernt und konnte sie im Motorraum verbauen. Das hat funktioniert."

Joe sah sie fragend an. „Dann waren die Rücklichter kaputt." Er grinste und sie schüttelte mit dem Kopf.

„Nein. Ich habe keine Ahnung, was er da gemacht hat, aber die haben noch funktioniert. Jedenfalls basteln die alles zusammen. Da bin ich mir sicher."

Er nickte zustimmend. „Auch wenn es oft nicht für die Ewigkeit ist."

Im Bus hatte sich inzwischen die stinkende Luft aufgelöst. Die Abgase kribbelten weniger in der Nase.

„Übrigens heiße ich Staci. Wo geht Ihre Reise hin, Joe?", fragte sie, reichte ihm die offene Hand und lächelte mit wachen Augen.

„Flughafen", sagte er knapp. Darauf sagte sie nichts und er ergänzte flink: „Ich hole jemanden vom Flughafen ab und bringe ihn zu meinem alten Herrn auf die Farm."

Staci nickte.

„Das ist oben im Chaco", erklärte Joe vorsichtshalber.

„Dann sind Sie ein Viehbauer", sagte sie lächelnd. „Habe ich gleich an Ihrer Kleidung erkannt."

Joe brauchte einen Moment, um ihren

Gedanken zu folgen, sah an sich hinab und schüttelte belustigt den Kopf. „Sie denken, wegen des Cowboyhutes, den Stiefeln und so. Nein, Staci. Ich verbringe ein paar Tage mit meiner Tochter bei meinem Dad. Das ist mehr ein Kurzurlaub auf der alten Farm. Ich bin Vertreter von Itapúa bis Cordillera. Der Ausflug in die Hauptstadt war nicht geplant." Er stockte und strich sich über das Kinn. „Zumindest nicht von mir." Joe sah Staci an. „Mein Dad wusste das von Anfang an. Der Mistkerl hat mich ausgenutzt und ich war wieder so gutmütig und ..." Er beendete den Satz nicht.

„Sie haben eine Tochter?"

Er nickte beiläufig und dachte mit zusammengekniffenen Augen an das Gespräch mit Dad. Es war sein Urlaub, seine freie Zeit, und die wollte er mit seiner Tochter verbringen.

Wie auf einem Gemälde standen die Männer wie festgewurzelt um die Motorhaube herum. Jemand hatte Tereré geholt und nun tranken sie wie in Zeitlupe und als ob sie gemütlich am Lagerfeuer sitzen würden.

Nach einer dreiviertel Stunde und etwa fünf Zigaretten des Busfahrers ging die Fahrt weiter. Mit einem derart rasanten Erfolg hätte Joe nie gerechnet. Was auch immer das Problem gewesen war, sie hatten es geschafft. So manch andere Fahrt hatte Mitten im Nirgendwo geendet, was in fast allen Fällen einen langen Fußmarsch zur nächsten Stadt bedeutete, da nur alle paar Tage ein Bus vorbeikam. Das blieb ihnen erspart.

Wenn man von der fehlenden Klimaanlage und den unbequemen Sitzen absah, war die restliche Fahrt durchaus angenehm. Der Bus hielt ohne weitere Komplikationen bis zur Hauptstadt und dem Flughafen in Luque durch.

In dieser Zeit redeten Joe und Staci über belanglose Dinge, den Präsidenten, über die aktuellen Preise für Mangos und Frischmilch und das Wetter.

Gegen elf Uhr erreichten sie ihr Ziel, wo sie sich knapp verabschiedeten.

„Es war nett, Sie kennenzulernen, Staci. Vielleicht laufen wir uns ein anderes Mal über den Weg. Ich wünsche Ihnen alles Gute."

„Danke für Ihre Hilfe und den Sitzplatz." Sie zwinkerte ihm zu und Joe stieg aus.

Die Sonne brannte heiß, die Luft war trocken und staubig. Oft war es im Departamento in Central ein paar Grad wärmer als außerhalb. Vielleicht lag das an der enormen Bevölkerungsdichte, den wenigen Bäumen und den vielen Häusern, Plätzen und Straßen.

Kein Lüftchen war zu spüren und der Himmel mit einheitlichem Hellblau tapeziert. Eine große Passagiermaschine landete hinter dem Tower.

Die Zeit für einen kurzen Ausflug in die City

hatte er nicht mehr. Deswegen kaufte Joe am erstbesten Obststand eine Tüte mit Obst und Gemüse, kramte nach dem Zettel von Albert mit den Gewürzen und stellte fest, dass er ihn auf der Farm in seinem Zimmer liegengelassen haben musste. Dummerweise hatte er ihn nicht mal gelesen. Er musste Dad anrufen und ihn fragen.

Joe wählte, hielt sich das Telefon ans Ohr und lief mit großen Schritten auf die Eingangshalle des Flughafens zu. Es klingelte eine gefühlte Ewigkeit, doch Albert nahm nicht ab.

„Verdammt!", sagte Joe viel zu laut, stoppte und sah zurück. Er hatte eine Schneekugel besorgen wollen. Der Ersatzriemen für den Traktor war ihm egal, aber nicht seine Tochter. Er hatte es ihr versprochen.

Hektisch sah er auf die Uhr auf dem Display und schob das Handy in die Hosentasche. Doktor Engelmann müsste bereits im Flughafen sein und auf ihn warten. Es blieb keine Zeit für die Einkäufe.

Er griff seine zwei Tüten und den Beutel fester, verzog den Mund und eilte weiter durch den breiten Gang. Ruenco lehnte an einer Säule und winkte ihm zu.

Joes Füße schwitzten in den festen Cowboystiefeln.

„Bon´ Dias, Señor", begrüßte Joe den Piloten.

„Es freut mich, Sie zu sehen. Wie geht es Albert,

dem alten Zausel?"

„Auf der Farm läuft alles wie immer", sagte Joe beiläufig. Die lange Fahrt steckte ihm noch in den Gliedern. Der Geist war träge und die Gelenke steif geworden.

„Wir können sofort los. Die Freigabe bis zum Start gilt noch eine halbe Stunde", sagte Ruenco und zeigte auf die große Uhr in der Vorhalle. „Wo ist der Mann aus Deutschland?"

„Der Doc wollte im Café warten. Ich habe vor gut einer Stunde mit ihm telefoniert. Sehen wir nach, ob er dort ist."

Joe kramte in der Tasche und zog eine Flasche heraus. „Den Schnaps soll ich Ihnen von Albert geben."

Erfreut griff Ruenco zu. „Das ist nett. Richten Sie ihm einen schönen Gruß aus."

„Mache ich." Joe sah sich um und lief zu einem Café. Ruenco kam hinter ihm her.

„Señor, ich musste zweihundert Mille extra zahlen", rief er nach vorn und Joe drehte sich um, ohne stehenzubleiben.

„Kurzfristige Flüge kosten extra. Jeder hält die Hand auf."

Joe gab ihm den Briefumschlag von Dad. „Der ist von Albert."

„Un momento." Ruenco stellte sich abseits an die Wand, öffnete den Umschlag und zählte das Geld. Dann sah er Joe an und sagte: „Was ist mit den zusätzlichen Ausgaben? Tower und Luftfreigabe machen das nicht umsonst, Señor."

„Ich weiß nichts über die Kosten. Klären Sie das mit Albert." Joe drängte ihn weiter, doch Ruenco blieb stehen.

„No, Señor. Ich habe das Geld vorgestreckt. Brauche es für Rechnungen und die Familie."

„Dann wird Albert das fehlende Geld schicken. Gehen wir. Die Freigabe läuft ab." Joe war genervt.

„Ich mache die Preise nicht."

„Zweihundert", sagte Joe. „So viel habe ich nicht bei mir. Klär das mit Albert. Ich bin nur hier, um Engelmann zu begleiten."

„Dann können wir nicht fliegen." Ruenco sah ihn scharf an und verschränkte die Arme.

Eine Menschengruppe drängte mit Koffern an ihnen vorbei.

„Herrgott", sagte Joe lauter. „Dann ruf Albert an und kläre das mit ihm. Wir haben jetzt keine Zeit." Er wich einem Passagier aus, der zwei große Koffer hinter sich herzog.

„Ich gehe keinen Schritt weiter." Ruenco stand eisern inmitten der vorbeistrebenden Leute mit verschränkten Armen.

Gereizt kramte Joe sein letztes Geld heraus und reichte ihm fünfzigtausend Guarani. „Den Rest bekommst du später. Können wir jetzt Engelmann suchen und die Sache möglichst schnell hinter uns bringen? Ich habe keine besondere Lust, hier zu sein."

Ruenco wartete, bis der Menschenstrom vorbei war, riss ihm den Schein aus der Hand und stopfte ihn in seine Hosentasche. „Danke, Señor. Meine familia wird es anerkennen."

„Den Rest zahlt Albert. Können wir jetzt weiter?"

Ohne zu antworten, setzte sich Ruenco zügig in Bewegung.

Doc Engelmann wartete wie vereinbart in dem Café. Der kräftige, groß gebaute Mann um die vierzig hatte eine Brille auf und kurzes Haar. Er trug Bluejeans, ein leichtes Hemd und Mokassins. Auf dem Tisch vor ihm stand eine leere Tasse mit eingetrockneten Resten vom Kaffee.

„Ich bin Joe, Alberts Sohn. Er hat mich gebeten, Ihnen das Grundstück im Norden zu zeigen", sagte Joe und fügte hinzu: „Wie war der Flug von Deutschland?"

„Durchaus angenehm, nur eine verdammt lange Flugzeit." Er nahm den großen Rucksack und hievte ihn auf seine rechte Schulter. „Ich kann nur bis morgen bleiben. Geht das in Ordnung?"

„Das wird schon klargehen. Mein Dad hat keine Buchungen für das Gästehaus und ist nicht darauf angewiesen. Konzentrieren wir uns auf das Grundstück. Dort entlang." Joe zeigte zur Abfertigung. „Wir müssen uns beeilen."

„Ich werde ein paar Luftaufnahmen machen

und einige vom Boden aus. Die Entscheidung für den Kauf des Grundstücks soll kommende Woche erfolgen." Während des Laufens verstaute Andre Engelmann eine große Kamera mit weit heraussteendem Objektiv in seinem Rucksack.

„Das sieht nach einer ziemlich teuren Kamera aus", sagte Joe.

Ruenco lief voran und beteiligte sich nicht an der Konversation.

„Ich liebe die Fotografie. Zu Hause habe ich über dreißig Fotobücher und meine erste Ausstellung in Hamburg. Unter Umständen kann ich sogar ein paar aktuelle Fotos für den neuen Band verwenden. Wenn Sie mal nach Deutschland kommen, können Sie mich gerne besuchen und meine Arbeiten ansehen."

„Daraus wird vermutlich nichts werden", entgegnete Joe und bog zum Kontrollpunkt für Privatflieger ab. „Hier entlang." Er drehte sich nach vorn und stieß mit einer Frau zusammen.

Ihr fiel ein Koffer aus der Hand und sie stöhnte laut.

Es war Staci.

Gleichzeitig bückten sich Joe und Staci, um den Koffer aufzuheben. Ihre Köpfe stießen leicht aneinander.

Er richtete sich als erstes auf. „Entschuldigung. Ich wollte nur ..."

Entrüstet schüttelte sie den Kopf, rieb sich die

Stirn und lächelte aufgesetzt. „Verfolgen Sie mich, Joe?"

Verlegen grinste er mit der Hand an der Stirn. „Das tut mir wirklich leid. Wissen Sie, ich würde mich jetzt furchtbar gerne bei einem Kaffee für diesen makabren Unfall entschuldigen, aber wir sind in Eile. Vielleicht können wir das irgendwann nachholen? Ich würde mich freuen, wenn ich das wiedergutmachen dürfte."

Jetzt stellte sie den Koffer ab, verschränkte die Arme und sagte: „Vermutlich sollte ich besser auf dieses Angebot verzichten. Wenn Sie in meiner Nähe sind, passieren immer so merkwürdige Sachen." Bei den Worten schmunzelte und zwinkerte sie. „Wissen Sie was?" Staci wühlte in der Seitentasche ihres Blazers, zog eine Visitenkarte hervor und reichte sie ihm. „Ich will nicht undankbar erscheinen, schließlich schulde ich Ihnen mein Leben, außerdem scheinen Sie ein anständiger Chaot zu sein, also nehme ich die Einladung gerne an. Rufen Sie mich an und wir werden ein Treffen organisieren."

Er nahm die Karte, sah flüchtig darüber und sagte: „Sie schulden mir nichts."

„Schon gut." Staci nahm ihren Koffer, ging zügig weiter und blickte lächelnd zurück. „Den Kaffee kann ich mir doch nicht entgehen lassen, Cowboy. Rufen Sie an."

Joe lächelte breit.

Sonne und Landschaft

In über dreitausend Metern Höhe verschwammen die Häuser der Hauptstadt zu einem Brei wie ordentlich abgeladene Kiesel. Am Wasser ragten einzelne hohe Gebäude heraus und der Rio Paraguay bildete die westliche Grenze der Metropole wie eine blaue Schlange, die sich darum schlafen gelegt hatte.

In den nächsten Minuten verlor sie Joe aus den Augen und sie flogen über grünes flaches Land, das von Straßen durchzogen wurde und wie gezeichnete quadratische Felder ein Gemälde eines zerfallenen Schachbrettes zeigte.

Hektisch baumelte ein kleines Kreuz an einer Perlenkette in der Mitte der Frontscheibe. Der Motor der Einpropellermaschine der Beechcraft Bonanza dröhnte eintönig. Es war eng und laut.

Es roch nach altem Öl und staubigem Stoff.

Joe, Engelmann und Ruenco trugen Headsets mit fetten Ohrmuscheln, um die Motorgeräusche etwas zu unterdrücken und sich zu verständigen.

„Bis vor weniger als einem Jahrhundert lebten die Ayoreo-Völker Paraguays abgeschieden im

Chaco. Das ist eine heiße, trockene Region mit Savannen und Dornenwäldern, die fast zweihundert Millionen Hektar umfasst. Sie erstreckt sich über den Westen des Landes, den Südosten Boliviens, Nordargentinien und einen kleinen Rand Südbrasiliens. Diese Region nannten die Spanier einst infierno verde, also grüne Hölle", erklärte Ruenco, der bisher wortkarg gewesen war und sich lediglich auf wenige kurze Anweisungen zum Fliegen beschränkt hatte.

„Fliegen Sie öfters dort hin?", fragte Engelmann und Ruenco nickte.

„Zweimal im Monat."

Joe ergänzte: „Señor Ruenco Serrato fliegt seit vielen Jahren für meinen Dad. Zuletzt hat er einen Veterinär einfliegen lassen. Die Farm ist ziemlich weit draußen. Da ist meilenweit kein Nachbar und wir sind zuweilen auf schnelle Hilfe angewiesen." Dann wechselte er das Thema: „Ich habe gehört, dass Sie eine große Firma in Deutschland besitzen."

„Das ist richtig", sagte Engelmann laut in das kleine Mikrofon. „Holz und Papier, Beschaffung und Verarbeitung." Beim Reden sah er aus dem Fenster auf das weite Land hinunter und wedelte sich mit einem Tuch Luft zu. Dann stieß er sanft den Piloten an. „Gibt es eine Klimaanlage? Ich sterbe vor Hitze."

„Si, señor." Ruenco drückte einen Knopf.

„Danke", sagte Engelmann und wandte sich wieder Joe zu: „Wie lange fliegen wir zur Ranch Florestal?"

Bisher war Joe die Strecke nicht geflogen. Er schätzte, dass es um die zwei Stunden dauern könnte, vielleicht etwas mehr. „Kann ich nicht genau sagen. Wird aber schneller gehen als über den Großen Teich." Sein Schmunzeln war forsch.

„Haben Sie Frau und Kinder, Mister Engelmann?"

Der nickte. „Ja, zwei. Marko und Monika, eine Nachzüglerin. Meine Frau weiß nicht, dass ich hier bin."

Verwundert sah ihn Joe an und Engelmann erklärte: „Ich bin ständig unterwegs, hetze von einem Meeting zum nächsten und reise viel in Europa und Asien herum. Da bin ich wenig zu Hause. Wir haben einigen Male über Paraguay gesprochen. Da sie von diesem Vorhaben nicht allzu viel hält, also in Südamerika zu investieren, habe ich vorerst nichts davon erwähnt. Sie denkt wahrscheinlich, dass ich in München oder Oslo bin."

„Verstehe", sagte Joe, fand die Situation aber ein wenig bizarr. „Sie reden nicht viel miteinander?"

„Sie muss nicht alles wissen. Außerdem kann ich bisher nicht sagen, ob das Land für meine Projekte geeignet ist, deswegen will ich nicht unnötig die Pferde scheu machen. Wissen Sie, zuweilen ergeben sich spannende Möglichkeiten. Man muss nur die Augen offenhalten."

„Verstehe, Mister Engelmann. ‚Das Schönste, was wir erleben können, ist das Geheimnisvolle‘, sagte schon Einstein. Möglicherweise wird sich die Investition lohnen, die Bäume wachsen schnell nach. Dann kann sich Ihre Frau einen neuen Pelzmantel leisten, nicht wahr?"

Engelmann lachte. „Ganz sicher kann sie das."

Was redete Joe nur für ein wirres Zeug? Er konnte sich nicht ordentlich konzentrieren. Noch immer schwirrten seine Gedanken bei der schönen Staci umher. Sie war eine geheimnisvolle Frau und er wollte unbedingt mehr über sie erfahren. Am liebsten hätte er sofort bei ihr angerufen, aber im Flugzeug war das nicht möglich, denn selbst ohne dröhnendes Motorgeräusch gab es hier oben keinen Empfang, und mal eben rechts ranfahren und parken war unmöglich. Joe musste über seine abstrusen Gedanken schmunzeln.

„Wie hat es Sie nach Paraguay verschlagen?", fragte Engelmann.

„Meine Eltern sind in den Sechzigern hergezogen. Damals war ich ein kleiner Bub. Seitdem lebe ich in diesem Land."

„Und Sie wollten nie zurück und die alte Heimat sehen?"

„Mir gefällt Paraguay und ich hatte nie Ambitionen, nach Deutschland zu ziehen. Hier habe ich

Familie, meinen Job und mein Leben." Bei den Worten musste Joe an die Probleme zu Hause denken. Familie. Ja, eine kräftig zerrüttete Familie war das. Aber das hatte nichts mit dem Land zu tun. So etwas passierte überall auf der Welt. Menschen veränderten sich, genau wie Gefühle und Einstellungen. Davon blieben auch Paare nicht ausgenommen, die sich früher die Liebe für ein ganzes Leben versprochen hatten. Natürlich schweißte die Liebe Menschen stärker zusammen als alles andere auf der Welt. Und bei Joe und Brenda war es nicht anders gewesen. Nur war das lange her und es war in den letzten Jahren verdammt viel passiert.

Joe weigerte sich, weiter darüber nachzudenken. Auf der anderen Seite würden auch keine Probleme verschwinden, wenn er sie permanent ignorierte. Diese Gedanken brachten ihm nur schlechte Laune und die konnte er gerade nicht gebrauchen. Der Tag hatte recht gut angefangen und auch wenn es eine Panne und damit eine leichte Verzögerung gegeben hatte, hatte bisher doch alles perfekt geklappt.

Da sein Headset an den Ohren drückte, setzte er es um und bemerkte die feuchte Luft darunter, wischte mit der Handfläche über sein Ohr und richtete die Ohrmuscheln neu aus, bis sie angenehm saßen.

Wann war überhaupt der Zeitpunkt gekommen,

dass es zwischen ihnen nicht mehr funktioniert hatte? Und was noch viel wichtiger war: Wie war es dazu gekommen? Sie hatten sich all die Jahre hervorragend verstanden, hatten übereinstimmende Interessen gehabt und über alles reden können. Und nun war aus jedem gemeinsamen Tag ein Kampf geworden.

Niemand trug die Schuld daran. Der Begriff Evolution kam Joe in den Sinn, auch wenn die Ereignisse nicht die epischen Ausmaße der Erdentwicklung angenommen hatten oder dem Fortbestand einer Art. Obwohl, so überlegte er, bedeutend war die Liebe schon. Mit Zuneigung und Hingabe, mit Leidenschaft, gutem Sex und seiner Ivey, die daraus entstanden war. Es lag im Bereich des Möglichen, dass die Ehe ein Relikt der Vergangenheit war und die ewige Bindung keine Gültigkeit mehr hatte oder schlicht ein Überbleibsel aus der Religion oder den Überlieferungen der Gesellschaft. Vielleicht hatte das Leben etwas anderes für ihn geplant als sie? Für ihn und den Rest der Menschheit. Wer konnte das schon wissen?

Joe war nicht sonderlich gläubig, auch wenn sein Dad vor dem Essen die Hände verschränkte und an manchen Sonntagen in die kleine Kapelle beim Parador la paz oder in die eigens für die Gemeinde errichtete Gebetsscheune ging. Er glaubte zwar an die Existenz von Gott, aber vielmehr an die Natur und daran, dass sie alles richten würde, Schwierigkeiten erschaffen und ebenso beseitigen konnte. Sie war es, die ihm sein Essen gab, die Heuschreckenplagen erzeugte und in der Lage war, sie wieder verschwinden zu lassen. Vermutlich brachte die Natur auch die Liebe und würde sie wieder nehmen, um sie weiterzutragen. Ja, vielleicht gab es nicht genug Liebe auf der Erde für alle Menschen gleichzeitig und sie mussten sie einteilen. Für diesen Fall hatte er seinen Anteil schon abbekommen.

Die Sonne blendete.

Joe zog die Sonnenblende ein Stück herunter und drehte sich zu Engelmann um. Der sah aus dem Seitenfenster über die weitläufige flache Landschaft mit den quadratischen Feldern und den entsprechenden schnurgeraden Straßen hinweg.

Ruenco trank einen Schluck aus einem verbeulten Flachmann und verstaute ihn wieder in der Innentasche seiner Weste. Dann schaltete er den Flugschreiber und die Klimaanlage ab.

Bis zum Nationalpark Defensores del Chaco sagte niemand mehr etwas.

Engelmann kramte seine Kamera heraus und schoss etliche Bilder vom üppig grünen Terrain.

„Das ist ziemlich eindrucksvoll. Unberührte Natur, so weit das Auge reicht", sagte er und rutschte zur anderen Seite, auf der er genug Fotomotive entdeckte. „Es wäre ein Traum, wenn ich einen Leoparden vor die Linse bekäme oder einen Alligator."

„Hier gibt es Pumas und Panther, jede Menge Schlangen, Aasgeier und Caranchos. Wenn es nach mir ginge, könnten wir getrost auf eine Begegnung mit ihnen verzichten."

„Caranchos?"

„Das ist ein großer Raubvogel", erklärte Joe.

„Meine Freunde würden Augen machen", schwärmte Engelmann und schoss ein weiteres Foto.

Joe ging nicht darauf ein. „Wollen Sie später mit uns Karten spielen? Albert hat ein paar Farmer aus der Gegend eingeladen. Da wird gegrillt und gefeiert. Das wird bestimmt ein gemütlicher Abend."

„Hört sich super an. Ich komme gerne", sagte Engelmann.

Ruenco wirkte nervös. Feine Schweißperlen lagen auf seiner Stirn. Das war durchaus ungewöhnlich für jemanden, der praktisch nie ins Schwitzen geriet. Ununterbrochen schaltete er an Knöpfen herum und kontrollierte die Anzeigen.

„Ist alles in Ordnung", fragte ihn Joe.

Ruenco nickte und sagte: „Si." Er sah sich draußen um, drehte sich abwesend zu beiden Seiten und wieder zum Cockpit.

Mit seiner Antwort gab sich Joe nicht zufrieden.

Irgendetwas stimmte nicht. „Haben wir uns verflogen?"

„Nein, Señor", schrie Ruenco.

„Schon gut. Meines Wissens nach liegt das Waldgrundstück im Nordosten am Nationalpark." Joe zeigte ungefähr in diese Richtung.

„Stimmt etwas nicht?", mischte sich Engelmann ein.

Ruenco riss die baumelnde Kette mit dem Kreuz herunter und nuschelte vor sich hin, während er mit Daumen und Zeigefinger rastlos das Kreuz schob, drehte und abtastete. Danach küsste er es und bekreuzigte sich.

Joe wurde nervös, sah hektisch auf das Land hinunter und auf die Armaturen. „Beten Sie gerade?"

„Zurück ist es zu weit. Ich dachte, wir schaffen es bis Mayor Pablo", sagte Ruenco leise.

„Was heißt das?" Noch verstand Joe nicht, was er damit sagen wollte.

„Bleiben Sie angeschnallt und halten Sie sich fest."

Ruenco schaltete ein paar kleine Hebel und drückte zwei Knöpfe.

„Was ist los?", kam die Stimme von hinten.

„Der Sprit ist gleich leer. Wenn wir Glück haben, schaffen wir es bis zur Ebene." Ruenco zeigte Richtung Horizont, wo der Wald aufhörte.

Engelmann wurde kreidebleich und bei Joe

fingen die Gedanken an zu kreisen. Seine Handflächen wurden feucht. „Warum ist der Sprit alle?", fragte er nervös.

Bis zur Waldgrenze lagen etliche Kilometer vor ihnen.

„Der Tank war nicht voll."

Der Motor stotterte, Engelmann hielt sich beide Hände vor das Gesicht, Joe rutschte auf seinem Sitz nach hinten und Ruenco hielt verkrampft den Steuerknüppel mit beiden Händen fest.

Dann fiel der Motor aus und es wurde still.

Totenstill.

Die Tankanzeige stand auf Anschlag bei null.

Wie ein eleganter Adler glitt die Beechcraft Bonanza lautlos durch die Lüfte. Nur flogen sie keine Kreise wie der besagte Vogel, sondern sie mussten über das unwegsame Gebiet oder zumindest bis zu einer Lichtung kommen, wo sie landen könnten.

Langsam aber stetig nahm die Flughöhe ab.

„Haben Sie Fallschirme?", durchbrach Engelmann die Stille.

Ruenco reagierte nicht darauf und auch Joe sagte nichts dazu. Er wusste, dass sie keine Fallschirme dabei hatten und über diesem Gebiet auch keine gebrauchen konnten. Hier gab es weder Siedlungen noch Wege. Der tropische Trockenwald im Chaco umfasste über 780.000 Hektar undurchdringliches Gestrüpp im Nirgendwo. Kein Fallschirm auf der Welt konnte an dieser Situation etwas ändern.

Keiner.

„Hey, Mister", sagte Engelmann lauter und griff Ruenco an die Schulter. „Ich habe Sie etwas gefragt."

Ruenco riss sich das Headset herunter und starrte eisern nach vorn.

„Wir kommen zu tief", sagte er und zurrte seinen Gurt fester.

Die Grenze des Waldes lag noch weit entfernt und die Flughöhe verminderte sich mit jeder Sekunde.

„Wir müssen doch etwas unternehmen." Engelmann war verzweifelt, rüttelte Ruenco, der sich cholerisch losriss. „Wir müssen doch irgendetwas machen", wiederholte er.

„Nicht reden", sagte Ruenco und betete leise.

Für Joe war es, als spielte sich ein Film vor seinen Augen ab, den er anhalten, zurückspulen oder notfalls ausschalten konnte. Seine eingeengten Gedanken waren klar und auf den Stand der Dinge gerichtet. Er sah zu den Bäumen und dem Wald hinunter, suchte eine Lichtung, die sie ansteuern konnten, fand aber nichts als Dickicht, Sträucher und einzelne hohe Bäume. Der Augenblick wirkte unwirklich und gleichsam wie der unausweichliche Blick in das Auge des Teufels.

Was würde in den nächsten Minuten aus ihm

und seiner Zukunft werden? Joe sah Stacis Lächeln vor sich und ihre strahlenden Augen, dann kamen Erinnerungen von Ivey dazu, die mit ihrem süßen Lächeln nach der Schneekugel fragte und für ihn tanzte. Spätestens zu Silvester wollte er eine Kugel besorgt haben und wenn er nirgends eine auftreiben konnte, würde er Ivey nach Las Leñas oder zum Los Flamencos in Chile bringen und ihr höchstpersönlich den Schnee zeigen. Das schwor er sich in diesem Moment.

Doch jetzt war er hier, weit von seinem kleinen Mädchen entfernt, und etwas geschah, was er nicht begreifen und schon gar nicht beeinflussen konnte. Ihm blieb nur zuzusehen, wie alles den Bach runtergehen würde oder, wie in seinem Fall, wie er vom Himmel stürzen würde wie ein verwundeter Vogel im freien Fall.

Geistesgegenwärtig nahm Engelmann seinen gut gefüllten Rucksack auf den Schoß und beugte sich darüber.

Es war wie die Talfahrt der Achterbahn in Asunción, die Joe selbst gebucht hatte und annehmen musste, dass er heil landen würde. So unwirklich die Situation auch war, wusste er, dass sein Sitz nicht zu einer Gondel im Freizeitpark gehörte, sondern zu der Beechcraft Bonanza, deren Zeit und Existenz in den nächsten Augenblicken abgelaufen sein würde.

Im Gegensatz zu ihm sah Doktor Engelmann

überhaupt nicht gut aus. Er war derjenige, der sich bei der Talfahrt nach dem Looping auf den Vordermann übergeben würde. Wobei auch dieser Vergleich hinkte, da niemand vorher wissen konnte, wie er im Angesicht des Todes reagieren würde.

Schließlich war es nur ein Blick, den Joe nach hinten geworfen hatte. Wie es Engelmann wirklich ging, konnte er nur vermuten.

Ruenco wirkte nach wie vor hektisch, aber emotionslos. Angespannt umkrampfte er das Lenkrad. Er war der Einzige von den dreien, der noch irgendwie ihre prekäre Lage beeinflussen konnte, auch wenn die Möglichkeiten stark limitiert waren. Nach seinen hektischen Gebeten wirkten seine Gesichtszüge jedenfalls relativ gelassen.

Wie es schien, wichen in dieser Situation sämtliche Prioritäten des Lebens der ungetrübten Hoffnung. Jede andere Vorstellung wäre zu diesem Zeitpunkt ohnehin absurd gewesen.

Der Gleitflug nahm kein Ende und die Wipfel der vereinzelt stehenden, aus dem Feld der Landschaft herausragenden Bäume kamen näher und näher und die rettende Ebene war längst hinter dem Horizont verschwunden. Bis dahin würden sie es bei der gegenwärtigen Abwärtskurve nicht mehr schaffen.

Ruenco schwieg weiter, auch wenn er als Pilot vielleicht den ein oder anderen Tipp parat gehabt hätte. Er starrte nach vorn und hektisch zwischen den ruhenden Anzeigenadeln hin und her, versuchte noch einmal den Motor zu starten und gab nach vier weiteren Versuchen auf.

Das Rauschen des Windes bildete die Kulisse für den Untergang. Kurz vor dem Absturz schalteten sich gar die Gedanken ab, als würden sie nicht mehr gebraucht.

Die Stille übernahm die Szene mit leisem Knacken des Rumpfes und der Tragflächen.

Tropischer Trockenwald

Nur ein paar Meter neben dem Seitenfenster raste die Spitze eines hohen Baumes vorbei, die Büsche und das trockene Land kamen viel zu schnell näher.

Ruenco zog die Schnauze der kleinen Maschine hoch.

Ein Ast krachte gegen den Flügel, erschütterte das Flugzeug, dann folgte krachend die nächste Baumkrone. Glas splitterte. Die Maschine wirbelte herum, strudelte mit der Schnauze nach oben, Ruenco steuerte dagegen und streifte einen wuchtigen Ast. Er hatte die Maschine nicht mehr unter Kontrolle.

Der folgende Stoß schleuderte das Flugzeug herum. Es drehte sich um sich selbst und tauchte in das trockene Dickicht ab.

Der finale Schlag schleuderte Joe gegen das Seitenfenster und spielte mit ihm und Engelmann einen gefährlichen Tanz.

Darauf folgte Stille. Nur der stöhnende Rumpf meldete sich mit dezentem Knacken und Zischen von Gas war zu hören.

Einzelne Blätter und Schwebeteilchen glitten seicht am gebrochenen Fenster vorbei. Glitzernder Staub schwebte in der Luft.

Zertrümmert lag die Beechcraft Bonanza im Unterholz. Ein Flügel war abgerissen und befand sich außerhalb der Sichtweite, die Frontscheibe war zur Hälfte gesplittert, ein Ast ragte hindurch, der vordere Teil der Maschine war zerquetscht und der Propeller hatte sich davongemacht und eine Schneise in den Wald gegraben.

Die Glasflasche war zerbrochen und der Schnaps verteilte sich im Flugzeug.

Joe hatte überlebt.

Vorsichtig öffnete er seine Augen.

Sein Kopf brummte, die Schultern und das linke Bein schmerzten, aber er lebte.

Ruenco stieß einen Schrei aus und hielt stöhnend seine Hand auf die schmerzende Brust. „Gas", sagte er verkrampft und kaum zu verstehen. „Wir müssen raus", quälte er hervor und löste den Gurt.

Joe rüttelte Engelmann, der mit weit aufgerissenen starren Augen verkrampft und reglos zwischen dem Seitenfenster und der Pilotenlehne klemmte.

„Doc! Wie geht es Ihnen?", forderte ihn Joe auf und rüttelte nochmals an seinem Bein.

Engelmann rührte sich nicht.

Die Tür knarzte, sprang auf und Ruenco

zwängte sich durch einen begrenzten Spalt nach draußen. Kahle Äste blockierten seinen Weg. Das Flugzeug wippte, gab nach und kippte ein paar Grad auf die Seite.

Joe löste seinen Gurt, wischte Scherben von der Sitzfläche und beugte sich über die Lehne zu Engelmann.

„Hey, sagen Sie etwas", forderte ihn Joe auf und berührte sein Knie.

Wie in Zeitlupe richtete Engelmann seine Augen auf ihn. Ansonsten verharrte er reglos wie eine Statur.

„Es hat eine Gasleitung erwischt. Wir müssen verschwinden."

Kaum erkennbar nickte Engelmann. Er war blass und stand vermutlich unter Schock.

Quälendes Stöhnen kam von draußen und Joe sah zur offenen Tür ins Freie. Von hier war Ruenco nicht zu sehen. Das Flugzeug stand leicht schräg nach hinten gekippt auf zusammengedrücktem Gestrüpp etwa einen Meter über der Erde. Äste, Blätter und ein langer schmaler Kaktus lehnten zur offenen Tür herein. Laute Rufe von unterschied-lichen Vögeln und das Kreischen von Zikaden waren zu hören.

Joe öffnete Engelmanns Gurt und sagte: „Können Sie sich bewegen?"

Engelmann schob einen Arm nach vorn und drückte sich vom Rucksack hoch. Dann kreisten seine Füße. Er nickte wieder.

„Steigen wir erst mal aus, bevor uns alles um die Ohren fliegt." Joe drehte sich wieder nach vorn, rieb sich die schmerzende Schulter und drückte die Tür ein Stück auf, bis ihn etwas daran hinderte. Der schmale Spalt musste genügen, um auszusteigen.

„Da kann nichts mehr explodieren", sagte Engelmann so leise, dass Joe nachfragen musste.

„Was haben Sie gesagt?"

„Der Sprit ist leer. Was soll noch da sein, um zu explodieren?" Er setzte ein gehässiges Grinsen auf, wirkte in diesem Augenblick wie ein entlaufener Irrer.

„Darauf sollten wir uns nicht verlassen. Sehen wir uns an, wo wir gelandet sind", sagte Joe, zwängte sich durch den Türspalt und ließ sich auf einen dünnen Ast mit trockenen Blättern herunter-gleiten. Er kämpfte sich das Stück zur Hintertür durch und ruckte daran. Beim vierten Versuch sprang sie auf und er konnte sie seitlich aufschie-ben.

Engelmann kam angekrochen.

„Haben Sie Schmerzen?", fragte Joe.

„Nicht der Rede wert", stöhnte Engelmann, krabbelte aus dem Flugzeug und zog seinen Ruck-sack hinter sich her.

Der Rumpf stöhnte und knackte zwischen den Ästen, Bäumen und Sträuchern und das Gas zischte bedrohlich vor sich hin.

Mitten im Gestrüpp fand Joe einen sicheren Stand auf dem Boden. Zwischen seinen Beinen befanden sich Zweige und Ranken. Was darunter war, sah er nicht. Weiter hinten wuchs hüfthoch dürres Gras. Karge Büsche standen eng aneinander und vereinzelte größere Bäume ragten in den Himmel auf.

Vorsichtig ließ sich Engelmann auf den Erdboden hinuntergleiten, zuckte zurück und fluchte: „Verdammter Mist."

Er lehnte sich an das Flugzeug und wischte sich Blut vom Handrücken. „Hier ist alles voller Stacheln. Ist ja eine tolle Stelle für die Landung", sagte er sarkastisch, machte einen großen Schritt über die Äste und kam zu Joe. Gemeinsam bahnten sie sich einen Weg zu einer lichten Stelle, etwa zehn, fünfzehn Meter entfernt, wo Ruenco auf sie wartete.

Es war heiß und die Luftfeuchtigkeit hoch.

Unerbittlich brannte die Sonne bei über vierzig Grad. Kein Lüftchen wehte und der Geruch von trockenem Gras und penetranten Blüten lag in der Luft.

Vorsichtig schob Joe Dornenäste beiseite und ließ den Doc vorgehen.

Einige Bäume besaßen am Stamm Stacheln, Schlingpflanzen waren damit beladen und selbst die unterschiedlichsten Sträucher hatten an den

Unterseiten der Blätter feine Widerhaken. Sie mussten die Augen offen halten und sehen, wo sie hintreten konnten, denn auch am Boden sah es nicht besser aus. Dort lagen jede Menge Ranken und umgefallene Bäume, die ihre spitze Verteidigung über den Zyklus des Lebens hinaus bewahrt hatten.

Lädiert, mit brummenden Schädeln und dem festsitzenden Schrecken aus der Tragödie kamen sie auf der Lichtung an.

Hier wuchsen kleinere Büsche, dürres Gras, trockenes Moos und jede Menge Kakteen verschiedenster Formen und Größen. Aber hier konnten die drei das erste Mal sehen, wo sie hintraten.

Leicht nach vorn gebeugt und mit der Hand auf der Brust stöhnte Ruenco gequält. Er sah sich die Gegend an. Ringsum wurde die Sicht vom Gestrüpp begrenzt. Weiter als zwanzig Meter, an manchen Stellen etwas mehr, konnten sie nicht sehen. Es sah wie ein Geisterwald aus, einem Vorboten der Hölle. Abgestorben, trist und besetzt mit spitzen Waffen. Wer wusste, was sich hier noch befand, was sie bisher nicht ahnen konnten.

„Sind Sie in Ordnung?", fragte Joe den Piloten.

„Wir müssen Richtung Norden", gab er als Antwort, verzog sein Gesicht und stöhnte leise. Er atmete schwer.

„Was ist mit Ihrer Brust?", drängte Joe weiter.

Jetzt sah ihm Ruenco in die Augen. „Die Rippen.

Da ist mindestens eine gebrochen. Ich hab den Steuerknüppel hier reinbekommen." Er zeigte mit der Handfläche zu seinem Herz.

„Das haben Sie jetzt davon", mischte sich Engelmann ein. „Geschieht Ihnen recht. Wie kann einem Piloten der Sprit ausgehen? Und wie verblödet muss man sein, damit so etwas überhaupt passiert?"

Ruenco sah sich nicht veranlasst, ihm zu antworten, trat ein Grasbüschel um und sagte stattdessen: „Es wird eine Weile dauern, bis wir rauskommen. Gehen wir."

„In der Mittagssonne? Vielleicht sollten wir warten, bis es kühler wird", schlug Joe vor.

„Nein, wir müssen gehen. Jetzt!" Mit ausgestrecktem Arm zeigte Ruenco in den Wald hinein. „Uns bleibt keine Zeit. Der Durst wird uns einholen."

„Aber man wird uns beim Flugzeug suchen. Wir sollten hierbleiben. In diesem Buschwald haben wir keine Chance, irgendwann gefunden zu werden. Wenn sie suchen, dann genau an dieser Stelle", sagte Engelmann, dem Verzweiflung und Wut ins Gesicht geschrieben standen.

„Niemand wird uns suchen", sagte Ruenco trocken und drehte sich weg.

„Warum? Warum sollte niemand nach uns suchen? Die haben die Flugrouten und Radar und wenn ein Flugzeug nicht ankommt, wissen die sofort, was zu tun ist." Der Doc stellte seinen schweren Rucksack neben sich im Gras ab und atmete befreit durch.

„Das Gebiet ist zu groß. Selbst aus der Luft haben die kaum eine Chance, uns oder die Maschine zu entdecken. Wenn wir hierbleiben, sterben wir." Ruenco hatte eine gefestigte Meinung. „Vorwärts." Er ging in die Richtung voran, in die er gezeigt hatte.

„Wir könnten ein Feuer machen. Die Rauchsäule sieht man kilometerweit", schlug Engelmann lautstark vor.

„Was ist mit dem Funkgerät?", fiel Joe ein.

Ruenco blieb stehen, drehte sich um und nickte. „So etwas haben wir nicht. Aber ein GPS." Er trat dürres Gestrüpp beiseite.

„Was ist mit dem Rauch? Ich bleibe hier und mache Feuer. Da sind wir in ein paar Stunden raus", drängte Engelmann wieder.

Ruenco stöhnte leise. „Über dieses Gebiet fliegt nur alle paar Wochen mal jemand und die Flugkontrolle wird hier nicht suchen. Die einzige Chance, die wir haben, ist weiterzugehen. Übrigens sollten Sie das Feuer schnell vergessen. Bei der Trockenheit fackeln Sie uns alle ab."

„Spätestens heute Abend, wenn wir nicht angekommen sind, wird mein Dad etwas unternehmen. Dann könnte in den Morgenstunden ein Suchflugzeug die Route abfliegen und wir wären morgen Mittag zuhause. Engelmann hat gar nicht so unrecht. Wenn wir uns entfernen, erschwert es die Erkundung des Suchtrupps." Joe fand den Plan plausibel. Er holte sein Handy aus der Hosentasche und schaltete es ein. Empfang gab es nicht, auch nicht mit ausgestrecktem Arm nach oben. Das hatte er sich schon gedacht.

„Also, mir ist letztlich egal, was Sie beide machen, ich werde jedenfalls gehen. Ich kann Ihnen nur raten mitzukommen, falls Sie nicht sterben wollen."

Joe ahnte nicht, warum Ruenco darauf beharrte weiterzugehen. Zu diesem Zeitpunkt saß der Schock zu tief, das auszudiskutieren, und er war letztlich dankbar für jeden halbwegs vernünftigen Vorschlag, der seine Hoffnung nach Befreiung aufrechterhalten konnte. Ruenco kannte sich in diesen Gebieten aus. Er hatte nicht nur einmal draußen in der Wildnis übernachtet und würde schon wissen, was er tat.

„Meine Brille ist weg", sagte Engelmann.

„Wir müssen das GPS holen." Ruenco interessierte sich nicht für seine Brille, kratzte sich im Nacken und sah zu Joe, den Stiefeln und fordernd in sein Gesicht.

Joe verstand. Als Einziger trug er feste Schuhe. Für ihn war der Weg nicht so schmerzvoll wie für die anderen.

„Ich werde es holen", brachte Joe mit Blick auf

die Überreste des Flugzeugs hervor und verlor keine Zeit, um sich auf den Rückweg zu machen. Zielstrebig bahnte er sich den Weg zum Wrack durch die Stacheln, das Gestrüpp, über querliegende Äste und durch das hohe Gras.

In der umliegenden Gegend lagen Flugzeugteile verstreut herum. Von hier hatte er einen guten Überblick auf die Katastrophe. Sie hatten verdammtes Glück gehabt, dass sie ohne größeren Schaden aus der Maschine gekommen waren.

Der gebrochene Propeller lag zwanzig Meter vom Flugzeug entfernt und schmückte das Gebüsch wie ein zu tief angesteckter Weihnachtsstern.

Das Wrack sah katastrophal aus. Niemand würde den Schrotthaufen bergen oder gar reparieren können. Bis auf den hinteren Teil war nichts mehr an seinem Platz.

Joe erreichte die Überreste, machte einen großen Schritt, zog sich in das Flugzeug hinein und setzte sich erstmal auf die Hinterbank. Das angesteckte GPS steckte im Cockpit. Er nahm es, fand hinter sich die beiden umgekippten Tüten mit dem Obst und Gemüse, sammelte die Tomaten und Ananas ein und entdeckte im Fußraum des Piloten eine halb gefüllte Plastikflasche mit Wasser. Engelmanns Brille war unter den Pilotensitz gerutscht.

Mehr war zunächst nicht zu holen. Joe sah sich noch einmal um, verließ das Flugzeug und kehrte ein paar Minuten später mit seiner Beute auf die Lichtung zurück. Er reichte Ruenco das GPS und sein Wasser und Engelmann bekam die Brille. Sie war verbogen und ein Glas gesplittert.

Der nickte dankend, bog sie sich zurecht und setzte sie sogleich auf die Nase.

Ruenco prüfte das Gerät, sagte: „Es funktioniert", und lief los.

„Ob das wirklich so eine gute Idee ist", sagte Engelmann leise zu Joe und deutete mit schräg gestelltem Kopf auf Ruenco.

„Er wird wissen, was er tut. Er liest Fährten und organisiert Wanderungen durch den Dschungel. Folgen wir ihm. Etwas Besseres wird uns jetzt nicht mehr passieren", sagte Joe.

„Etwas Besseres?" Engelmann lachte kurz laut auf. „Der Typ ist ein Totalausfall. Der fliegt mit leerem Tank und wundert sich noch darüber. Jetzt spielt er den Helden, weil er sich angeblich auskennt. Aber ich bezweifle das."

Joe folgte dem schwachen Pfad hinter Ruenco. Nach einer Weile setzte sich auch Engelmann in Bewegung.

Tag 1

„Wir müssen uns an den hohen Bäumen orientieren", sagte Ruenco vorne während des schwierigen Marsches, ohne sich umzudrehen. Über den Büschen suchte er den nächsten Baumriesen, der sich aus der Landschaft heraushob wie der große Fahnenmast auf dem Palacio de López, wischte sich im Gegenlicht über die Stirn und schnaufte. „Ich kann das GPS nicht dauerhaft anlassen. Wir müssen Strom sparen."

Die Hitze schwächte ihre Bewegungen ab.

„Machen wir eine kurze Pause", fügte er unter einem kahlen, stachligen Baum hinzu, prüfte den Boden, schob mit einem Schuh Äste und Ranken beiseite und ließ sich unter dem Baum nieder. Bis zu dieser Stelle hatten sie über eine Stunde gebraucht, obwohl es nicht weiter als zweihundert Meter vom Wrack entfernt sein durfte. Hier draußen stellten Entfernungen andere Maßstäbe dar. Und selbst das gewohnte Leben war nicht vergleichbar mit dem in der Zivilisation, Nicht mal auf dem Hof von Dad. Selbst er hatte es sich dort draußen über die Jahre komfortabel eingerichtet, hatte Wasser aus der Pumpe, Strom und frischen Kaffee.

Joe und Engelmann setzten sich neben Ruenco in das dürre Gras. Wegen der spärlichen Blätter war der Schatten dürftig, aber besser als nichts, und die erste Pause tat gut.

Das Flugzeugwrack lag hinter den Büschen und außer einem abgebrochenen Teil, das sich weiter oben in einem Baum verfangen hatte und einen leuchtenden Strich reflektierte, war nichts mehr davon zu sehen.

„Reden wir über den Sprit", sagte Joe zu Ruenco.

„Ja, das finde ich auch", bekräftigte Engelmann. „Wie kann so etwas passieren? Sind Sie überhaupt Pilot oder haben Sie den Schein im Lotto gewonnen?"

„Wenn die Klimaanlage nicht gelaufen wäre, hätten wir es geschafft." Ruencos Stimme war zwar schwach, aber bestimmt.

Für einen kurzen Moment herrschte Stille. In Engelmann begann es aber zu brodeln, bis es aus ihm herausbrach: „Jetzt bin ich wohl für den Absturz verantwortlich?"

„Beruhigen Sie sich." Joe legte seine Hand auf Engelmanns Schulter.

„Sehen Sie sich um. Wie könnte ich mich da beruhigen? Wir fliegen mit einem leeren Tank." Engelmann wirkte fast hysterisch. „Und jetzt sagt er, es hat nicht gereicht, weil ich die Klimaanlage einschalten wollte. Das ist doch der Gipfel der Frechheit."

„Bitte, Doktor. Wir können die Zeit nicht zurückdrehen", sagte Joe. „Lassen Sie uns nach vorne blicken."

„Also, Sir ..." Engelmann sprach langsam und bestimmt zu Ruenco. „... haben Sie eine vernünftige Erklärung außer ihrer gnadenlosen Unfähigkeit?"

„Das ist eine lange Geschichte", sagte Ruenco.

„Wir haben jede Menge Zeit in der Idylle." Schneidend zeigte Engelmann mit ausgebreiteten Armen in die Wildnis.

„Genau das haben wir ganz sicher nicht. Die Zeit läuft uns davon und wir sollten die Kräfte sparen, nicht reden und vorsichtig weitergehen, solange wir dazu fähig sind."

Engelmann schnaubte. „Das war mir klar." Er sprach zu Joe weiter: „Haben Sie gedacht, dass eine vernünftige Antwort kommt? Ja, hätten Sie das? Der verarscht uns doch."

„Bitte. Er hat recht", entgegnete Joe besänftigend. „Wir sollten wirklich unsere Kräfte schonen. Und diese Diskussion führt zu nichts."

Engelmann verzog die Lippen, hielt aber zunächst den Mund.

„Nicht der Sprit oder irgendetwas wird uns in den kommenden Stunden interessieren, sondern

Wasser. Bei dieser gnadenlosen Hitze ist es das einzige, was wichtig bleibt." Joe sprach leise.

Engelmann schien verstanden zu haben. Er schwieg. Vielleicht fühlte er die Angst vor dem Durst, die spürbar in der Luft zu liegen schien und damit jedem schon bald ein zügiges Ende bescheren konnte.

„Wir könnten eine Quelle oder einen See suchen", schlug Engelmann tonlos vor.

Ruenco schüttelte den Kopf. „Ausgeschlossen."

„Und wenn wir den Tieren folgen? Ich habe im Fernsehen gesehen, wie sie den Leoparden nachlaufen und wie ...", ließ er nicht locker.

Ruenco drehte sich zu ihm und sagte: „Vergessen Sie Ihr Fernsehen, Señor. Wir sind im Chaco und nicht in irgendeinem Dschungel und einem Team mit Kameraleuten."

„Also gut", sagte Engelmann zermürbt. „Wie es aussieht, habe ich wohl keine andere Wahl, als hinter Ihnen herzulaufen, auch wenn es logischer wäre, am Flugzeug zu bleiben. Wie es aussieht, sind eh alle dafür, also laufen wir. Aber ich erwarte immer noch eine Antwort, Sir." Engelmann verschränkte die Arme.

Ruenco gefiel nicht, wie er mit ihm redete, verzog den Mund und erhob sich. Er sah Engelmann nicht einmal mehr an.

„Gehen wir."

Vorsichtig bahnten sich die drei einen Weg zum

nächsten hohen Baum, der auf Ruencos Route lag. Er lief voran, dann folgte Joe und das Schlusslicht bildete Engelmann.

Der Weg wurde beschwerlicher, das dornenbesetzte Gestrüpp dichter. Die Stacheln stachen ihnen durch die langen Hosen, durch die Hemden und Schuhsohlen. Hier hatte Joe den einzigen Vorteil mit seinen festen Ledersohlen.

„Au", zischte Engelmann und wedelte mit seiner Hand.

„Ich hatte kein Geld für die Tankfüllung", begann aus heiterem Himmel Ruenco mit seiner Geschichte. „Ich musste mir den Sprit von einer anderen Maschine ausleihen. Dummerweise wurde ich bei dieser Aktion gestört und konnte es nicht zu Ende bringen." Er machte eine Pause. „Ich habe gedacht, dass es locker bis Pablo Lagerenza reicht. Dort wollte ich auftanken. Sind Sie jetzt zufrieden?" Vorsichtig schob Ruenco eine dornenbesetzte Ranke beiseite, trat darauf und stieg darüber. Hinter ihm schnippte sie wieder hoch und versperrte den Weg.

„Sie haben Sprit geklaut? Wie haben Sie das angestellt? Mit einem Schlauch und dem Mund angesaugt? Kann ich mir das so vorstellen?", schimpfte Engelmann verächtlich von ganz hinten und schob die Ranke beiseite. Beim Darübersteigen blieb er mit seiner Hose an einem Stachel hängen und riss sie sich an der rechten Wade auf.

Er jammerte wieder.

„Was wäre gewesen, wenn Sie eine Minute früher gestört worden wären? Wo lag Ihre Grenze des Zumutbaren? Haben Sie den Verbrauch überhaupt zu irgendeinem Zeitpunkt berechnet?"

Ruenco antwortete nicht und kümmerte sich stattdessen um die Ranken und Dornen. Er kam schneller voran als die anderen beiden und hatte nach kurzer Zeit etliche Meter Vorsprung erreicht.

Engelmann blieb stehen und rieb sich die schmerzende Wade. Ihm ging die ganze Situation beträchtlich auf die Nerven. Hatte er bis jetzt den Absturz und seine Lage recht gut ertragen können – wenn man davon absah, dass der Schock und die Wut immer noch tief saßen –, war seine Laune mit dem erneuten Angriff eines weiteren fiesen Stachels endgültig im Keller angekommen. Damit besaß er eine schmerzende Wunde mehr. Seine Beine und Füße waren zerschrammt. Er hatte an beiden Armen Verletzungen und der Nacken plagte ihn seit dem gewaltigen Ruck beim Absturz.

Joe konnte sich nicht länger auf ihn konzentrieren, er fiel stetig weiter zurück und musste aufholen. Die Suche nach einem passablen Pfad über Äste und kleinere Kakteen erwies sich als immer schwieriger und schmerzhafter.

Bisher hatte er nicht mal ernsthaft über seine Lage nachgedacht und tat, ohne zu murren, was getan werden musste wie ein harter Mann, der nicht lange fackelte und das Gegebene hinnimmt. „Man kann nicht immer ein Held sein, aber man kann immer ein Mann sein", hatte sein Dad gesagt, der damit Goethe zitiert und eindeutig recht gehabt hatte. Niemandem nützte es zu jammern. Dadurch war bisher keine Situation leichter geworden.

Weder brillante Sprüche noch vernünftige Gedanken brachten ihm Wasser oder ihn aus diesem gnadenlosen Dschungel heraus. Die Gedanken waren nichts weiter als aufmunternde Ansichten des Tages, die gegen die anstehenden Nächte wie liebliche Engel wirkten. Denn in der Dunkelheit würden sich nicht nur die Gefühle ändern, sondern auch so manche Einstellung, die am Tage mit rechtem Verstand so nie gelebt werden würden. So konnte in den Nächten zuweilen aus einem standhaften Mann ein Träumer inmitten des aussichtslosen Abgrundes werden.

Joe fürchtete sich vor der nahenden Nacht. Was würde ihn und die anderen erwarten? Er kannte das Land, die Tiere und Gefahren und bisher war er damit bestens klar gekommen. Allerdings betrafen seine Erfahrung das eigene Haus in Encarnatión, in Asunción oder auf der Farm seines Dads. Hier draußen sah die Welt anders aus und das Leben begehrte nach anderen Ansprüchen.

Er hatte Durst. Die Sonne zehrte ihn aus. Spätestens in diesem Moment sollte sich die Realität in seiner Wahrnehmung wieder einstellen. Denn bisher war der Absturz irgendwie unwirklich erschienen, auch wenn das Gefühl nicht so stark gewesen war, dass er aus einem bösen Traum aufwachen wollte. Nur würde er in diesem Fall Ruenco nicht blind hinterherlaufen, sondern intensiv über seine Lage und die Möglichkeiten nachdenken. Nur jetzt? Er steckte zu tief in der Angst, einer Angst, die sich zwar nicht offen zeigte, aber tief im Verborgenen auf den Moment lauerte, um ihn zu überrennen, um sein Herz und den Mut wegzutragen.

Die großen Bäume, an denen sich Ruenco orientiert hatte, lagen zwischen fünfzig und zweihundert Meter voneinander entfernt. Dazu kam, dass sie bisher nicht einmal den zweiten Baum erreicht hatten. Diese Hölle wollte kein Ende nehmen.

Keine Ahnung, wie lange sie sich schon durch das Gebiet gekämpft hatten, aber wenn sie für die Entfernung der einzelnen Baumziele jedes Mal etwa eine Stunde Zeit benötigten, konnten sie gleich hierbleiben und auf der Stelle sterben. Was machte das für einen Sinn? Das Ende des Waldes lag weit hinter ihrer Sichtlinie und es war relativ unklar, ob ihr Weg der kürzeste war. Immerhin hatten sie mit dem GPS die ungefähre Richtung eingeschlagen und aus der Luft sah alles völlig anders aus. Irgendwie einfacher und vor allem greifbar. Jetzt fühlte er sich wie eine Ameise zwischen hohem Gras und Gestrüpp, die in einem unbekannten Gebiet den Überblick, die Herde und sich verloren hatte.

Welchen Baum würden sie an diesem Tag noch erreichen und wie viele Bäume lagen vor ihnen, bis der Alptraum zu Ende war? Und wie lange würden sie die Hitze und die Dornen ertragen können?

„Dass er euch Kraft gebe und den Glauben an euch selbst und eure Stärke. Denn wer zweifelt, der gleicht einer Meereswoge, die vom Winde getrieben und aufgepeitscht wird." Mein Dad war nie ein sonderlich gläubiger Mensch, auch wenn er sonntags in die Kapelle ging und die meisten Gebete auswendig kannte.

Doch wie ich später erfahren habe, veranlasste ihn das Unglück im Chaco dazu, nach dem geistigen Strohhalm zu greifen, das einzige, woran er sich an einem Ort des Abschiedes klammern konnte.

Niemand wusste, wie weit sie von der Grenze zu den Weiden, den Siedlungen oder der Armeestation entfernt waren, und niemand konnte ahnen, ob sie es schaffen würden. Nur Ruenco hatte einen Plan, den er mit den anderen nur sporadisch teilte. Von Anfang an hat er an diesem Tag nicht viel geredet. Zweifelsfrei führte sein schlechter Start in den Tag dazu – also die Probleme an der Flugabfertigung, die Geldknappheit und sein Raubzug für den Sprit und die Tatsache des unglücklichen Endes. Der Absturz war nur eine stete Abfolge dessen, was an einem solchen Tag scheinbar unabänderlich war.

Im Trockenwald waren aber nicht der Pilot und seine privaten Probleme die eigentlichen Schwierigkeiten. Es waren seine Taten, besser gesagt die falschen Angaben bei der Fluggesellschaft, womit niemand die leiseste Ahnung haben konnte, wo sich die drei tatsächlich befanden.

„Und ich werde dir nicht folgen können", sang einst Samo, und ich summe die Melodie und der Text läuft durch meinen Verstand wie ein Brummkreisel, der sich nicht mehr zu stoppen vermag.

Al creer que al final de esta historia

Estarías ahí

Tu, en tu mundo, tu

Vas cayendo sin freno al vacío

Y no te podré seguir

Ya, no puedo vivir por ti

Me olvidé de mi

Yo, que mas puedo hacer aquí

Si ya te perdí

Si ya te perdí

Si ya te perdí

(... wenn ich dich bereits verloren habe)

Bis dahin habe ich fest daran geglaubt, dass die Welt in Ordnung wäre und ich Dad am späten Abend in Begleitung des deutschen Geschäftsmannes sehen würde. Und falls mich Grandpa zu früh ins Bett geschickt hätte, wäre Dad am folgenden Tag aufgetaucht. So nahm ich mir vor, ihn ein weiteres Mal zum Angeln zu überreden. Denn auch wenn ich beim ersten Mal nichts gefangen hatte, wollte ich auf das Wasser zurück, die Strömung verfolgen und die selbst gebaute Angel benutzen. Damals träumte ich von einem großen saftigen Fisch auf dem Teller, den Grandpa schön dekoriert in die Mitte des Esstisches in der guten Stube stellen würde wie einen Truthahn zu Thanksgiving, und wenn die Gäste kämen, würden sie nicht schlecht über das Prachtexemplar staunen und wären mächtig stolz auf mich gewesen. Das sind die Träume eines Kindes.

An diesem Abend blieb es ruhig im Haus und beinahe alles ging seinen Gang wie immer, wenn wir annehmen, dass das Leben in den geordneten Bahnen weitergeht. Doch das Leben verläuft nicht linear. Es hält Überraschungen bereit, auf die wir nicht vorbereitet sein können.

Tomaten

Joe blickte sich um. Dichtes Gestrüpp, manns-
hohe Sträucher und kaum eine Fläche, auf der er
für zwei oder drei Meter einfach nur laufen und
schnell vorankommen konnte, beherrschten das
Bild. Die ganze Gegend fühlte sich an, als ob sie in
einem riesigen Gebüsch mit aufgedrehter Infrarot-
leuchte gefangen wären, deren Hitze sich gnaden-
los vom Himmel ergoss.

Die Luft war trocken und heiß. Seit Wochen
hatte es nicht geregnet, was die Vegetation mit
spärlichen oder welken Blättern quittierte.

Überall summte und schwirrte es.

Lästige Insekten kosteten von seinem Schweiß,
gierten nach Blut und Lebensenergie.

Der Schweiß lief ihm den Rücken und die Brust
hinunter und zeichnete dunkle Abschnitte auf das
Hemd. Doch an Pause war nicht zu denken. Schon
gar nicht, weil die anderen außer Sichtweite waren.

„Ruenco", rief er vor und drehte sich nach
hinten, ohne die Füße zu bewegen. „Engelmann?
Seid ihr irgendwo?"

Aus der Ferne antworteten schreiend ein paar

Vögel, ähnlich dem Ruf von Möwen, und sie flogen wie aufgescheucht davon.

Reglos lauschte er auf die Geräusche des Waldes und roch die Trockenheit, die an abgestandene Brühe und ausgedörrte Erde erinnerte.

Niemand war zu hören. Kein Knacken im Unterholz, keine Stimme, keine Schritte.

Joe musste weiter, zum nächsten Ziel, um den großen Busch herum und zum hohen Baum auf der gedachten Linie. Er stieg über Zweige, drückte Ranken beiseite, trat vorsichtig auf, verlagerte sein Gewicht auf den vorderen Fuß, balancierte und drang tiefer in die Büsche vor. Die Stacheln lechzten nach seinem Fleisch, griffen sein Hemd und die Hose, stachen ihn und ließen ihn wieder frei. Joe riss den Arm hoch, schützte sein Gesicht und wehrte eine stachelbesetzte Peitsche ab. Die Dornen malträtierten den Arm und krallten sich in sein Hemd. Er riss sich los, kam Schritt für Schritt weiter und kämpfte sich voran. Zu den anderen, dem Ausgang und seiner Rettung.

Irgendwo hinter ihm knackte es im Unterholz. Joe blieb stehen und drehte sich um.

Dann hörte er Rufe: „Hey, wo sind Sie? Wartet auf mich."

„Hier drüben", rief Joe und winkte mit ausgestrecktem Arm.

Er blieb stehen und lauschte.

Nach einigen Sekunden tauchte Engelmann

hinter einem vertrockneten Gebüsch auf. Knapp zehn Meter und tausende Dornen lagen zwischen ihnen.

„Ich kann nicht so schnell", schnaubte Engelmann verhalten, wischte sich den Schweiß von der Stirn und stützte sich auf den Knien ab.

„Wir treffen uns dort vorne", rief Joe zurück und deutete zu einer lichten Stelle, die auf dem Weg zu ihrem Zielbaum lag.

Engelmann stakste weiter, wich Ästen und Dornen aus und bahnte sich den Weg.

„Ruenco muss irgendwo da vorne sein. Wir sollten uns beeilen, bevor wir ihn verlieren."

„Welcher Baum ist es?", rief Engelmann und Joe zeigte zu einem Quebracho mit hoher spärlicher Krone, trat vorsichtig den nächsten Zweig um und machte sich ebenso auf den Weg dorthin.

„Das schaffen wir nie", stöhnte Engelmann von hinten. „Ist der Pilot abgehauen?"

„Nein, sicher nicht", rief Joe zurück.

„An seiner Stelle würde ich das vermutlich machen. Er hat das GPS und die beste Chance rauszukommen. Wenn wir es nicht schaffen, gibt es keine Zeugen und er kann sonst was von seiner Unschuld behaupten."

Joe ging nicht darauf ein. Was hätte er auch antworten können, als dass er optimistisch denken sollte oder womöglich Recht haben könnte?

„Er hat Mist gebaut und wir können ihn

belasten", sprach Engelmann gefühlskalt. Joe verstand seine Worte kaum. Die Entfernung war zu groß.

Eines stand jedenfalls fest. In diesem Tempo würden sie Tage, vielleicht Wochen brauchen, um aus dem Wald zu kommen. Die Dornen waren ein gewaltiges Problem, doch die Kombination aus Durst und Hitze konnte ihre Reise schneller beenden, als jeder hoffnungsvolle Gedanke an den Erfolg entstand.

Die kleine Lichtung erwies sich als ungeeigneter Ort zum Pausemachen. Er war mit Kakteen gespickt und ließ ihnen keine freie Stelle, um den Fuß auf den Boden zu bringen.

Die beiden trafen sich am Rande der Stacheln und entdeckten Ruenco an dem Quebracho. Er trank gerade einen erheblichen Schluck aus seiner Wasserflasche.

„Warum folgen wir ihm überhaupt? Lassen Sie uns zurückgehen. Noch können wir das Wrack finden", sagte Engelmann. Sein Shirt war an der Seite eingerissen und rote Spuren zeichneten einen blutverschmierten Rand darunter.

„Er ist hier aufgewachsen und weiß, was er tut", sagte Joe trocken und strich sich ein kleines Insekt vom Arm.

„Der soll wissen, was er tut? Den Anschein hat es ganz und gar nicht seit seiner Aktion mit dem Sprit. Wie kann jemand nur so dämlich sein und

Sprit aus einem fremden Flugzeug klauen? Und dann auch noch viel zu wenig! Was ist mit dem anderen Piloten? Nicht dass wegen ihm ein weiteres Flugzeug abstürzt? Haben Sie darüber schon mal nachgedacht? Der Typ gehört nicht in ein Flugzeug, er gehört in den Knast. Man sollte ihm die Lizenz entziehen. Der Mistkerl ist an allem Schuld. Der hat uns in diese Lage gebracht." Engelmann war aufgebracht. Seine Haut glänzte gleichmäßig feucht.

„Jetzt hören Sie schon auf. Das bringt doch nichts. Was geschehen ist, kann niemand mehr ändern. Wir werden gemeinsam rauskommen. Also los jetzt, beeilen wir uns."

Niedergeschlagen nickte Engelmann und beide gingen weiter.

Etwa dreißig anstrengende Meter lagen vor ihnen. Der Weg war mit Fallen gespickt, als befänden sie sich im Krieg, mit Klingendraht oder mitten in einem verdammten Minenfeld.

„Wie soll das bitte funktionieren? Denken Sie, der feste Glaube an das Gute wird uns Wasser bringen oder eine nette Krankenschwester, die uns die Wunden versorgt?" Er hob sein Shirt an und zeigte eine tiefe blutende Schnittwunde von etwa einer Fingerlänge.

„Haben wir denn eine Wahl?" Joe gefiel nicht, wie Engelmann mit ihm sprach. „Mir ist klar, dass Ruenco einen Fehler gemacht hat und uns mit

Sicherheit etwas verschweigt, aber er will selbst lebend rauskommen und er scheint einen Plan zu haben. Wir müssen zusammenbleiben und uns gegenseitig helfen. Nur so haben wir eine Chance."

„Einen Plan? Nein, Joe. Der hat nur das GPS. Mehr nicht. Der Typ riskiert mit seinem tollen Plan unser Leben. Das dürfen wir nicht zulassen. Wir sollten ihm das GPS abnehmen." Engelmann strich sich über den Arm.

„Und dann? Wollen Sie ihn zurücklassen? Wollen Sie ihn bestrafen oder was?"

„Zumindest können wir dann das Tempo vorgeben. Außerdem hätten wir keinen Vorteil davon, wenn er nicht lebend aus dieser Hölle kommt. Er hat dagegen einen guten Grund, uns zu verlieren."

„Das traue ich ihm nicht zu. Wir brauchen ihn und wir sollten nicht gegeneinander arbeiten." Joe hatte es fast bis zum großen Baum geschafft.

Ruenco blickte kurz auf, registrierte ihr Kommen und lehnte sich wieder an den Quebracho. Nach einer Weile begrüßte er sie: „Nur eine kurze Pause. Bis die Sonne untergeht, müssen wir noch einiges schaffen."

„Wie geht es Ihrer Brust?", fragte ihn Joe und näherte sich das letzte Stück.

Ruenco winkte ab und zeigte auf Joes Einkaufstüten. „Sie haben Gemüse da drin, nicht wahr?"

Joe hatte die Henkel um sein Handgelenk gewickelt, deren Griffe sich inzwischen zusammengerollt und in sein Fleisch geschnitten hatten. Er befreite sich davon und stellte die Tüten neben sich ab.

„Wir müssen uns das Essen einteilen", sagte Ruenco, sah auf sein GPS, suchte den nächsten großen Baum, schaltete ab und zeigte in die entsprechende Richtung. „Dort hinten, der Baum zwischen den hohen Kakteen. Das ist unser nächstes Ziel."

Joe ließ sich neben Ruenco am Baum nieder und öffnete die Tüten. Gemeinsam sahen sie hinein, dann kam Engelmann dazu, hievte seinen schweren Rucksack von den Schultern und stöhnte beim Absetzen.

„So", fing er an, schnaubte hörbar und sah Ruenco streng an. „Wir haben beschlossen, dass Sie uns das GPS aushändigen." Er stemmte seine Hände in die Hüfte.

Ohne zu zögern reichte Ruenco das Gerät an Joe, da er näher stand, und sagte: „No problema. Joe, verwalten Sie das Essen?"

„Da ist nicht viel zu verwalten", sagte Joe und wedelte mit der Hand. Er nahm ihm das GPS nicht ab. „Behalten Sie das Ding. Sie können am besten damit umgehen und werden uns aus dieser Hölle führen."

Ruenco hielt das Gerät Engelmann hin. Der trat vor und griff danach. Joe sah ihn unerfreulich an.

„Die Tomaten besitzen jede Menge Flüssigkeit.

Jeder sollte sich eine nehmen und stärken, bevor wir weitergehen." Ruenco hielt sich die flache Hand auf die Brust und holte sichtbar vorsichtig einen tiefen Luftzug.

„Sind Sie jetzt der Boss? Wieso geben Sie uns Anweisungen?", beschwerte sich Engelmann und schob das GPS in eine Seitentasche des Rucksacks.

Joe hielt ihm eine Tomate entgegen.

„Was ist? Ich habe Sie etwas gefragt, Sir", bohrte Engelmann weiter.

„Sie sind ein freier Mann", antwortete Ruenco. „Wenn Sie eine bessere Idee haben, dann raus mit der Sprache."

Die Antwort gefiel Engelmann gar nicht. Er stichelte weiter: „Wo gehen wir überhaupt hin? Haben Sie eine ungefähre Vorstellung davon, wo wir uns befinden, oder irren wir zufällig in irgendeine Richtung?"

„Si, Señor. Es gibt einen Militärstützpunkt in Lagerenza. Der liegt etwa dreißig Kilometer südlich der bolivianischen Grenze, also ist das der nächste bewohnte Ort in der Gegend. Genau dorthin werden wir uns durchschlagen. Immer nach Norden. Irgendwann kommen wir durch." Vorsichtig biss Ruenco von seiner Tomate ab, um bloß keinen Tropfen Flüssigkeit fallen zu lassen.

„Und wie weit ist Ihr ‚Irgendwann'? Ich meine, so ungefähr. Sind es zehn Kilometer, zwanzig oder vielleicht achtzig? Oder wissen Sie das selbst nicht?" Engelmann war erregt, auch wenn ihn die Hitze und die Schmerzen von größeren Eskapaden zurückhielten.

„Ich weiß nicht. Werden wir sehen."

„Das ist alles? Ich weiß es nicht?", wiederholte Engelmann lauter. „Genau wie mit dem Tank. Da wussten Sie genauso wenig, wie viel wir brauchen, und jetzt sitzen wir ..."

„Jetzt belassen Sie es dabei", unterbrach ihn Joe. „Er hat gesagt, er weiß es nicht, und damit ist die Sache erledigt." Kauend wischte er sich mit dem Handrücken über die Lippen und scheuchte eine lästige Mücke beiseite, die ihn schon mehrfach gepiesackt hatte und weiter umkreiste.

„Nein, wir belassen es nicht dabei."

„Und geben Sie ihm das GPS zurück", sagte Joe ermüdet. „Er kennt das Land und weiß, was zu tun ist. Sie nicht."

„Wie können Sie ihm jetzt noch trauen?"

„Ich habe keine Lust auf solche Diskussionen. Geben Sie ihm das GPS und halten für ein paar Minuten die Klappe." Joe lehnte sich zurück und sah einem Käfer zu, der dicht vor seinen Augen über einen dürren Ast krabbelte.

Engelmann zögerte.

„Hab kein Problem damit, wenn er vorangeht", sagte Ruenco und sprach zu Engelmann: „Sie kennen sich doch mit so was aus? Wir sollten den kürzesten Weg nehmen. Für alles andere haben wir keine Zeit."

„Das kann ja nicht so schwer sein."

Joe mischte sich ein und forderte mit vorgehaltener Hand das GPS. „Geben Sie schon her."

Engelmann schnaubte, kramte das Gerät hervor, betrachtete es und reichte es ihm. „Hier." Er drehte sich weg und setzte sich schweigend an seine Seite des Stammes.

„Was haben Sie in dem Rucksack?", fragte Ruenco und zeigte darauf.

Schützend legte Engelmann seine Hand darüber. „Da sind nur meine Kamera, ein Shirt und ein paar persönliche Sachen drin."

„Der sieht schwer aus. Sie sollten nur das Nötigste mitnehmen. Die Hitze wird uns die ganzen Kräfte abverlangen", sagte Ruenco und erhob sich.

„Das ist wirklich reizend, wie sehr Sie sich um mich sorgen", sagte Engelmann sarkastisch. „Aber es ist meine Angelegenheit."

„Starten wir zur nächsten Etappe. Vielleicht schaffen wir heute noch zwei, drei Kilometer", sagte Ruenco.

„Eins will mir nicht aus dem Kopf gehen", fuhr Engelmann mürrisch fort. „Sie haben gesagt, dass uns niemand finden wird. Ich kenne mich gut mit solchen Sachen aus, fliege seit Jahren mit dutzenden Piloten auf der ganzen Welt und besitze selbst eine kleine Maschine. Ich weiß, wie Flugleitstellen arbeiten. Die können zu jeder Zeit abschätzen, wo sich ein Flugzeug befindet. Warum sollte es in unserem Fall anders sein? Ist Paraguay etwa in der Steinzeit oder sollten wir etwas wissen, was Sie uns bisher verschwiegen haben?"

„Si." Ruenco atmete durch und sah zum Himmel auf. „Sie suchen uns sicher. Aber nicht hier. Die denken, dass wir zur Mennonitenkolonie in Loma Plata geflogen sind", sagte er fast beiläufig, als wäre diese Information eine Sportmeldung vom letzten Jahr.

Joe war verdutzt und sah ihn entsetzt an. „Was? Loma Plata liegt auf halber Strecke." Er überlegte einen Augenblick, dann kam die Erleuchtung. „Moment mal, jetzt verstehe ich. Deswegen wollten Sie vom Flugzeug fort. Die wissen nicht mal ungefähr, wo wir abgeblieben sein könnten."

Ruenco drehte sich weg und starrte reglos in das Gehölz.

„Ist da sonst noch etwas, was wir wissen sollten, Señor?", fragte Joe nach.

Es kam keine Reaktion.

Engelmann sprang auf und machte ein paar große Schritte auf Ruenco zu, packte ihn am Kragen und schrie: „Sie haben uns das eingebrockt. Also kooperieren Sie gefälligst. Eine Antwort können wir wenigstens erwarten."

Ruenco riss sich los, schimpfte unverständlich auf Guarani und trat zurück. „Wir müssen weiter", sagte er harsch und lief los, ohne zurückzusehen.

Die Nacht kommt

Ich kann mich gut daran erinnern, wie aufgeregt Grandpa an diesem Abend war. Dad sollte zum Sonnenuntergang mit Engelmann auf der Ranch sein. Der Grill war angeheizt und die Steaks längst durch. Grandpa hatte ihn nicht übers Telefon erreicht und auf der Ranch in Lagerenza hatte an diesem Tag niemand ein Flugzeug aus Asunción kommen gesehen.

Zu diesem Zeitpunkt schien noch alles in Ordnung zu sein. Es gab jede Menge Gründe für eine Verspätung. Ich hoffte jedenfalls, dass Dad jeden Moment mit tollen Geschenken aus der Hauptstadt um die Ecke kommen würde, und alle wären glücklich gewesen. Grandpa hätte das Ersatzteil für den Traktor bekommen, ich meine Schneekugel und die Party mit den Nachbarn hätte starten können.

Aber Dad kam an diesem Abend nicht.

Mit leeren Händen bin ich ins Bett gegangen und hatte den Eindruck, dass auch Grandpa enttäuscht war. Doch das war er nicht. Wie ich etliche Jahre später begreifen musste, machte er sich an diesem Abend bereits große Sorgen. Er ahnte etwas, wollte mich aber nicht beunruhigen.

Stunde um Stunde verging und einen Baum nach dem anderen ließen sie hinter sich. Dabei hätte es so ein schöner Tag werden können – ohne Blessuren, Durst und Todesangst. Sie wären ein paar Runden über der Waldfarm neben Dravis gekreist und in der Nähe gelandet, um sich den Baumbestand und die Zufahrtswege von unten anzusehen. Dort hatte Ruenco den Reservekanister in den Tank füllen und zurückfliegen wollen. Joe und Engelmann hätte er bei Albert abgesetzt und sie würden bereits eine geraume Zeit zu Hause auf der Terrasse sitzen und in fröhlicher Runde Geschichten erzählen. Stattdessen hatten sich die drei zwischen Dornen und fiesen Insekten am Fuße eines Urundey niedergelassen, dessen kahler Stamm weit in die Höhe reichte, nur um dort ein paar hellgrüne, fast vertrocknete Blätter in das Bild des idyllischen Himmels zu halten.

Dieser Baum, all die Büsche, Gräser, Kakteen, Palmen und die viertausend vorkommenden Pflanzenarten hatten sich über die Jahrhunderte perfekt an die Trockenheit angepasst. Joe und die anderen gehörten definitiv nicht hierher. Kein Mensch sollte je inmitten dieses abgelegenen Landstriches sein. Das Gebiet war ausschließlich der Natur mit ihren Insekten und den tierischen

Bewohnern vorbehalten.

In den letzten drei Stunden hatte niemand etwas gesagt. Das Sprechen strengte an und verbrauchte unnötig Energie. Tapfer hatten sie sich durch das Dickicht gearbeitet, als wäre es ihr normaler Job.

Joe zog einen Ast unter seinem Hintern hervor, rutschte zurück, lehnte sich an den Stamm und reichte jedem eine Tomate. Damit blieben gerade noch zwei Stück übrig, die er für den nächsten Tag aufheben wollte.

Seine Lippen waren trocken und taub. Der Saft der Frucht kam wie eine Erlösung und entfaltete rasch ein Wohlgefühl. Zuerst im Mund und anschließend im Körper und der Seele.

Joe entdeckte die leere Wasserflasche hinter dem Stamm und blickte Ruenco grübelnd von der Seite an. Keinen einzigen Tropfen hatte er davon geteilt.

„Die Zeit war zu knapp", sagte Ruenco kauend und aus heiterem Himmel. Sein Blick war stur auf die gegenüberliegenden Büsche gerichtet. Joe und Engelmann konnten nichts damit anfangen. Was meinte er?

Joes Magen knurrte. Die kleine Tomate hatte den Hunger ausgelöst. Kurzentschlossen holte er die Ananas aus der Tüte und fragte: „Hat jemand ein Messer dabei?"

Engelmann kramte ein winziges Taschenmesser aus seinem Rucksack, das an einem Schlüsselbund baumelte, und reichte es herüber.

„Albert hat erst gestern den Auftrag erteilt und ich habe ihm ein paar Mal gesagt, dass es zu kurzfristig ist. Er wusste, wie viel Papierkram da dranhängt, und ich wollte den Flug auf nächste Woche verschieben. Doch er hat darauf bestanden."

Gelinde gesagt signalisierte der Gesichtsausdruck von Engelmann pure Fassungslosigkeit. Joe hingegen schnippelte beflissen an der Ananas herum.

„Jeder Flug kostet Geld", erklärte Ruenco weiter. „Also habe ich kurzerhand die Reise nach Loma Plata angegeben – was quasi ein Paketpreis war, den ich mir leisten konnte."

„Wissen Sie was", sagte Engelmann. „Ich will von Ihren Geschichten und den Betrügereien nichts mehr hören. Diese chaotischen Methoden sind gemeingefährlich. Sie sehen doch selbst, wo das hingeführt hat."

Joe reichte Engelmann eine Scheibe Ananas, womit er augenblicklich beschäftigt und still war.

„An unserer Lage trage ich keine Schuld, Señor. Ich habe es deutlich gesagt. Davor. Ich habe immer wieder gesagt, dass ich Zeit brauche", bekräftigte Ruenco sein Handeln.

„Seien Sie schon still", sagte Engelmann mit vollem Mund und kaute genüsslich. „Als richtiger Pilot sollte man den Treibstoffverbrauch errechnen können."

„Der Kanister im Heck ist voll und im Tank

haben nur zwei, vielleicht drei Liter gefehlt. Ich weiß, wie man arbeiten muss."

„Tja, zwei, drei Liter ...", sagte Engelmann, winkte ab und tat gelangweilt. „... Na wenn das so ist." Er funkelte Ruenco böse an. „Man sollte dafür sorgen, dass Sie den Schein verlieren und nie wieder zurückbekommen."

Als nächstes bekam Ruenco eine Scheibe Ananas, der sich hungrig darauf stürzte.

Auch Joe machte sich über seinen Anteil her, als wäre es ein Festtagsschmaus zu Thanksgiving und Ostern zusammen, und ließ die wohlschmeckende Flüssigkeit seinen Körper beleben.

Inzwischen stand die Sonne zwischen den Blättern und Ästen der niedrigen Büsche, der Abendhimmel färbte sich ziegelrot ein und, begleitet von eintausend schallenden Vogelgesängen, die Luft kühlte ein wenig ab.

Angeschlagen und die Ereignisse des Tages noch nicht verarbeitet, genossen sie die Pause. Und da die Sonne sehr schnell unterging, wurde an dieser Stelle aus der Pause ihr Nachtlager.

Joe war ausgelaugt und hatte trotz Tomate und Ananas immer noch Durst. Dazu kamen jede Menge Schrammen und juckende oder brennende Insektenstiche an den Armen und im Nacken.

Die seelische und körperliche Verfassung von Engelmann wäre im Normalfall freilich im dunkelsten Keller abgetaucht, doch sein körpereigenes Notfallsystem hielt ihn trotz der unzähligen Wunden, dem gewaltigen Durst und der völligen Erschöpfung aufrecht. Am Schlimmsten waren seine mehrfach zerstochenen Fußsohlen, die ihn mit jedem Schritt quälten und hier, unter dem Baum, in Ruhe vor sich hin pulsierten.

Nach außen hin machte Ruenco einen durchaus kräftigen Eindruck. Klar hatten ihn ein paar Dornen erwischt, er musste großen Durst haben und hatte Probleme mit den gebrochenen Rippen, aber er schwitzte oder jammerte zu keiner Zeit. Bisher zeigte er sich verschlossen. Vielleicht machte er sich Vorwürfe. Denn er hatte es in der Hand gehabt, einen korrekten Flug abzuliefern.

„Wir müssen auf unseren Wasserhaushalt achten", sagte Ruenco. „Sobald wir anfangen zu schwitzen, müssen wir eine Pause einlegen. Jeder Tropfen, den wir verlieren, fehlt unserem Körper."

Dem stimmte Joe nickend zu und knabberte an den letzten Resten des Fruchtfleisches.

Die Ananasschale von Engelmann landete bereits im Gras neben dem Baum, als Joe noch die Schale Stück für Stück auskaute und die Reste ausspuckte. Er wollte keinen Tropfen Saft verschwenden.

„Ich habe mir einen Sonnenbrand geholt", sagte Engelmann leise, mehr zu sich selbst, und strich sich über den Nacken.

Innerhalb einer halben Stunde hatte die Nacht

den Tag übernommen, das Licht entrissen und tausendfaches Leben entflammt, als hätte ein Wecker geklingelt und alle würden mit vollem Terminkalender zur Arbeit oder zu ihren Partys eilen.

Innerhalb kürzester Zeit tauchten die Insekten, Ambuás und Spinnentiere auf. Ein handgroßer Tausendfüßler krabbelte an Joes Stiefel nach oben, den er flink herunterwischte und nachsah, ob er weit genug weggefegt worden war.

Das Knacken aus der Ferne wurde lauter, vermehrte sich, kam näher und schloss sie akustisch ein wie ein sich öffnender Vorhang im Konzertsaal, wozu das Orchester während der Probe chaotisch durcheinanderspielte. Dazu summten die Mücken ihr boshaftes, hoch klingendes Lied, Käfer schwirrten dröhnend vorüber wie kleine Helikopter ohne Koordination und die Vögel der Nacht übernahmen mit lebhaften Klangfarben einen wirren Tenor. Dazwischen tönten lautstark die Zikaden.

„Meine Fußsohlen sind zerstochen", sagte Engelmann, wobei er recht unbekümmert klang. Er hatte seine Schuhe und Socken ausgezogen, ein Bein über das andere gelegt und zog einen Fuß zu sich heran, um sich das Desaster im Restlicht anzusehen. Die Sohlen seiner leichten Mokassins waren nicht ansatzweise in der Lage, den Dornen zu widerstehen. Für die Stadt waren sie völlig ausreichend, bequem und schick. Und selbst bei der geplanten Besichtigungstour hätten sie keine nennenswerten Probleme gemacht. Er hatte ja nie vorgehabt, durch den Wald zu robben oder wie ein Fakir über Stacheln zu tanzen.

Nur, selbst wenn sie sich auf diesen Trip vorbereitet hätten, mit ausreichend Wasser, festem Schuhwerk, einem Hut mit breiter Krempe, wie ihn Joe besaß, und anstelle seiner dünnen Stoffhose mit ordentlicher Schutzkleidung, wären sie wahrscheinlich auch nicht besonders weit gekommen. Denn wenn sie die Hitze und die Stacheln nicht erledigen würden, wären da immer noch die unzähligen Spinnen, Schlangen und alles, was in den Nächten hier draußen krabbelte, schwirrte und auf der Jagd war. Und das war eine beachtliche Anzahl.

Nach einer weiteren Stunde wurde es völlig dunkel. Nur die Sterne waren zu sehen, deren kleine Lichter aber nicht bis auf den Boden reichten. Es war so dunkel, dass sie kaum die Hand vor Augen erkennen konnten und wage Umrisse der Bäume und Sträucher am Horizont übrigblieben.

Ein Ast knackte in unmittelbarer Nähe und das Rascheln von dürren Blättern folgte, als würden sie beobachtet werden von jemandem, der im großen Bogen um sie herumschlich.

Joe patschte sich gegen die Wange und vertrieb vermutlich einen Blutsauger damit. Gemeines Stechen und Jucken blieben zurück.

Die Zeit im Dunkeln schien perfekt zu sein, um sich Gedanken über seine Situation zu machen. Denn stand es ihm im Angesicht des Todes überhaupt zu, der Ermattung nachzugeben und sich dem harmonischen Schlaf zuzuwenden? Sicherlich nicht, selbst wenn er zwingend ausreichend Kräfte für den kommenden Tag sammeln musste. Es war verdammt viel geschehen.

„Ich habe die falschen Schuhe an", flüsterte Ruenco, der zusammengekauert am Stamm lehnte. Und damit hatte er durchaus recht. Denn auch seine bequemen Halbschuhe waren bestimmt nicht viel besser als die von Engelmann. Er hatte fix auftanken, zurückfliegen und am Nachmittag mit seiner Famile Tereré trinken und Chipás essen wollen. Mit dem schnell verdienten Geld hätte er den Flug für die kommende Woche bezahlen können und die Welt wäre in Ordnung gewesen. Zwischen seinen Plänen und der jetzigen Lage befanden sich zwei Liter oder fünfzehn Sekunden, die er länger hätte abzapfen müssen. Warum war der Typ nur zu früh in die Halle gekommen? Und warum musste er jetzt so ein Pech haben oder die Beechcraft Bonanza einen viel zu hohen Verbrauch? Nach der fehlenden Wartung hätte er diesen Umstand einberechnen müssen, aber wer konnte schon an alles gleichzeitig denken?

Zumindest wusste er, was er wollte und was hier draußen erforderlich war.

Generell würde er nie Schuldgefühle haben. Das stand ihm nicht gut. Und er schob die Gedanken auf seine schmerzenden Füße und die gebrochenen Rippen, die den Verstand und den Körper beeinträchtigten. Jammern war keine Option. Jetzt musste er schlafen. Etwas anderes konnte er derzeit ohnehin nicht tun.

Wieder knackte in der Nähe das Unterholz. Diesmal war es geschätzte zehn Meter entfernt. Nur sehen konnte niemand, was da vor sich ging.

Joe betete.

Nicht wie üblich, sporadisch und oberflächlich, sondern eigens darauf konzentriert, als gäbe es nichts Wichtigeres. Seine Lippen blieben versteinert und die Hände hatte er verschränkt.

Bitte gib mir Kraft und Mut. Ich weiß, dass ich nie ernsthaft mit dir geredet habe, aber falls du mich jetzt hören kannst und du in der Lage bist, das Gute und das Böse zu beeinflussen und alles, was auf der Erde geschieht, dann hast du vielleicht ein wenig Zeit, uns den Weg zu zeigen. Lass es nicht unser Ende sein. Ich habe noch so viel vor. Ich will so gerne sehen, wie Ivey aufwächst, was eines Tages aus ihr wird, wen sie einmal kennenlernt und heiratet. Ich möchte wissen, was aus meinem Unternehmen wird und aus der Zukunft des Landes und der Welt. Und ich würde gerne die kleine Stacy näher kennenlernen. Sie hat so ein süßes Grübchen, und - hast du ihre wunderschönen Hände gesehen? Joe lächelte vor sich hin. Klar, als Gott hast du diese Hände wohl selbst gemacht oder wie läuft das so bei euch da oben? Er senkte den Kopf und öffnete langsam die Augen, was für die Sicht keinen Unterschied machte. Deswegen konnte er mit weit geöffneten Augen weiterbeten und er reckte seinen Kopf weit nach oben in die Schwärze und zu den Sternen. Ihm fielen ein paar Auszüge aus der Bibel ein, die er gedanklich aufsagen könnte. Sein Dad kannte sie alle, für jede Lage, auch wenn er in den letzten Jahren einen deutlichen Abstand zu Gott bekommen hatte. Seine Gebete am Morgen, zum Essen am Mittag und vor dem Zubettgehen waren obligatorisch. „Gepriesen sei der Herr, im Glauben und Bekenntnis, schütze uns, segne uns, ich danke dir" und solche Sachen hatte er all die Jahre gemurmelt, bis seine geliebte Marta gestorben war. Von da an hatte er die Gebete jeden Sonntag in die Kirche getragen und selbst auf dieses Ritual war heuer kein Verlass mehr.

Diesen Wandel hatte Joe durchaus bemerkt, aber erst jetzt, hier in der Dunkelheit, in der Gefahr, wurde ihm bewusst, dass Dad um Marta getrauert hatte. All die Jahre hatte Joe das anders gesehen und ihn sogar eine Zeit lang für seine Kaltherzigkeit gehasst. Aber manchmal sahen die Dinge anders aus, wenn man sich die Zeit dafür nahm und hinter die Kulissen sah. Allzu oft verbargen sich faszinierende Geschichten und unglaubliche Schicksale dahinter.

Über den hellen Sternen befand sich ein Brei aus blassen winzigen Punkten mit Ansammlungen wie Nebelschwaden oder kleinen Krümelhaufen. Es waren so viele Sterne dort draußen. Und dazwischen war Gott, der heruntersah und ihn beobachtete. Für den Fall, dass er ihn jetzt sehen konnte und tatsächlich Zeit für ihn haben sollte, beendete Joe sein Gebet: Lass uns heil hier rauskommen. Mehr verlange ich gar nicht. Aber nicht mein Wunsch ist von Belang, sondern dein Wille. Du weißt, wann meine Zeit gekommen ist. „Amen", sprach er abschließend leise in die Nacht hinein.

Gleich nachdem die Sonne am nächsten Morgen aufgegangen war, sauste ich flink in die Küche, wo ich darauf wetten konnte, dass Daddy am Herd Pfannkuchen oder Rührei zubereiten würde. Da hoffte ich noch, dass er mich hochnehmen und mich mindestens zwei Runden im Kreis fliegen lassen würde. Im Anschluss hätte ich ein großes Glas Milch bekommen und davon erzählen müssen, was ich geträumt und was ich mir für den neuen Tag vorgenommen hatte.

Doch die Küche war leer und ich bin in das Schlafzimmer gesaust und durch das ganze Haus. Im Badezimmer habe ich Grandpa angetroffen. Mit dem Rasierschaum im Gesicht sah er wie der

Weihnachtsmann aus. „Wo ist Dad?", ist es aus mir herausgesprudelt und er antwortete nicht, entfernte in aller Ruhe eine Bahn Schaum nach der anderen und wischte den Rest mit dem Handtuch ab.

„Darum kümmere ich mich nach dem Frühstück", sagte er und schickte mich zum Spielen nach draußen.

Seine Telefonate dauerten lange.

Von der Wiese vor dem Haus konnte ich seine tiefe Stimme durch das offene Küchenfenster hören.

Erst Jahre später hat er mit mir darüber gesprochen und erzählt, dass er bereits am ersten Tag den Flughafen in Luque kontaktiert hat.

„Hallo. Hier ist Albert Wilson. Ich warte immer noch auf das Flugzeug mit meinem Sohn. Ruenco Serrato hat heute den Flug angenommen. Doch die Maschine kam bisher nicht an." Albert umschloss das schwere Satellitentelefon mit der ganzen Hand.

Der Angestellte der Dinac brauchte einen Moment, um nachzusehen, bis er antwortete.

„Okay, ich verstehe", sagte Albert. „Doch wenn sie pünktlich gestartet sind, sollten sie vor drei Stunden gelandet sein."

Der Mann am Telefon sah noch einmal in den Unterlagen nach und bestätigte den Start der

Maschine.

„Nein", sagte Albert. „Da muss ein Irrtum vorliegen. Der Pilot ist mit zwei Passagieren geflogen."

Doch die Unterlagen waren korrekt.

Er wollte sich augenblicklich um diese Angelegenheit kümmern und mit der Fluggesellschaft telefonieren, bei der Ruenco das Flugzeug gemietet hatte. Bereits eine Viertelstunde später klingelte Alberts Telefon.

In der Zwischenzeit hatte die Luftaufsicht mit verschiedenen Farmern telefoniert. Sie vermuteten eine Notlandung auf halber Strecke und Albert sollte sich keine Sorgen machen, da die Zuständigen der Dinac den ersten Suchtrupp losgeschickt hatten.

Ein zweiter Passagier war jedoch nicht angemeldet.

„Ich verstehe das nicht. Joe Wilson und Doktor Andre Engelmann sind geflogen. Und von den Suchflugzeugen ist auch nichts zu sehen. Hier fliegt definitiv niemand. Ich müsste doch irgendetwas am Himmel sehen", sagte Albert und blickte in das gleichmäßige Blau auf, lief etwas vom Haus weg und suchte in allen Himmelsrichtungen. Weit und breit waren keine Flugzeuge zu sehen. Weder am frühen Morgen noch jetzt.

„Wo suchen die denn?"

„Die Zone über Loma Plata", kam als Antwort

durch das Telefon und Albert verstand nicht den Sinn dahinter.

„Wieso Loma Plata?", fragte er nach. „Wir sitzen fünfhundert Kilometer weiter im Norden, in Pablo Lagerenza."

Diese Aussage hatte den Mann am Telefon verwirrt. Jetzt brauchte er wieder einen Moment. Albert hörte Papier durch die Hörmuschel knistern. Dann flog Ruencos Schwindel auf.

Einen Tag später taten sich die alarmierten Farmbesitzer zusammen und bildeten mit ihren Flugzeugen einen Suchtrupp, die auf eigene Kosten die Strecke abflogen.

Das war am Vorabend. Doch an diesem Tag spielte ich, während Grandpa telefonierte, im Garten Kaufmannsladen. Mary, meine Puppe, und ein imaginärer Freund waren dabei. Kleine lilafarbene Blüten, die ich am Rand der Weide gepflückt hatte, Steinchen und ein paar Samen der Fliederpalme lagen ordentlich auf dem Schaukelbrett, als Grandpa mit gesenktem Kopf zu mir kam.

Er hätte nicht einmal etwas sagen müssen. Sein Gesichtsausdruck und die Körperhaltung verrieten seine Worte im Voraus.

Ich werde nie vergessen, wie er mir sagte, dass Dad heute nicht kommen würde und dass er vermutlich mit dem Flugzeug abgestürzt und verschwunden sei. Niemand wusste, wo er sich befand.

Ich verstand nicht genau, was er mir sagen wollte, und rechnete weiter fest mit Dad und einem gemeinsamen Essen zum Mittag. Er würde sich verspäten und das war soweit okay. Immerhin saß ich auch nicht immer pünktlich am Tisch und hoffte auf sein Verständnis.

Meine Zweifel keimten erst am folgenden Morgen auf, als Dad wieder nicht in der Küche stand, woraufhin mich eine fürchterliche Angst überfiel. Er war mit dem Flugzeug abgestürzt, hämmerte es durch meinen Verstand. Und niemand wusste, wo er war.

Schneekugel

So, wie Joe unmittelbar nach dem Aufwachen den großen Mann in Embrionalstellung am Stamm liegen sah, dachte er: Eigentlich ist Engelmann nett. Dabei kannte er ihn nicht mal genau, aber wie er so dalag und schlief, mit den zerstochenen Fußsohlen, der zerrissenen Hose, und wie er seine geliebte Kamera umarmte, als wäre sie ein Kuscheltier, tat er ihm irgendwie leid.

Phlegmatisch kratzte sich Joe am Ellenbogen, sah auf die juckende Stelle und entdeckte zahlreiche rote Punkte auf dem Unterarm. Über Nacht hatten ihn Insekten tüchtig malträtiert. Aber das hatte kein Gewicht, als würde es ihn selbst nicht betreffen, wie ein belangloser Film in der Glotze.

Er fuhr sich mit den Fingernägeln über den Arm und spürte ein feines Jucken. Und er wusste, dass es nur eine belanglose Begleiterscheinung im Gefüge des Untergangs war.

Die wenigen Stunden im ruhelosen Schlaf und mit den vielen Unterbrechungen hatten seine Kräfte nur spärlich aufgefüllt. Er war erschöpft wie am Abend, als müsste die Nachtruhe erst beginnen. Was hätte er jetzt für einen Kaffee und frische Brötchen gegeben. Die aufgehende Sonne blendete und ließ ihn blinzeln. Die Luft war rein und warm, die lauten Geräusche der Nacht verstummt. Insektenschwärme tummelten sich über dem hohen Gras und das Gezwitscher der Vögel am Morgen war mit angenehmen Melodien erfüllt.

Engelmann und Ruenco schliefen. Der Tag wartete auf sie wie das hohe Gericht auf die Angeklagten. Die Richter und Geschworenen, Wachposten und Henker, verkleidet als Hitze, Staub, Dornen und giftige Insekten, warteten geduldig auf ihr Erwachen und den Beginn der Show.

Joe und den anderen blieb nichts weiter übrig, als sich ihrem Los zu stellen. Engelmann war in Reichweite und Joe rüttelte ihn am Bein. „Hey, aufwachen. Die Temperaturen sind angenehm. Wir sollten weitergehen", flüsterte er und spürte seinen trockenen Gaumen und die Zunge, die sich wie ein Fisch auf Land anfühlte.

Der Speichel war versiegt, die Lippen trocken.

Mit dem Zeigefinger fuhr er sich vorsichtig darüber. Sie waren rau und taub geworden, als wären sie noch nicht munter.

„Engelmann, sind Sie wach?" Wieder rüttelte er an seinem Bein. Diesmal eine Spur kräftiger. Der stöhnte im Halbschlaf.

Erst mit dem Knistern der Tüte, in der eine Ananas, eine kleine Melone und zwei Tomaten lagen, drehte sich Engelmann um und blinzelte in die Sonne. Langsam erhob und reckte er sich und gähnte herzhaft. Als Morgengruß nickte er Joe zu.

„Meine Füße schmerzen. Wie geht es Ihnen?" Kurz sah er zu Ruenco, sah ihn schlafen und atmen und wandte sich wieder an Joe. Seine Lippen waren aufgesprungen und verklebt.

„Durst. Wir müssen heute Wasser finden", sagte Joe verhalten und holte die kleine Netzmelone aus der Tüte. „Ich brauche das Messer."

Engelmann nickte und kramte in den Außentaschen seines Rucksacks. Es knackte laut und deutlich im Unterholz, Joe lauschte, verharrte in seiner Position, genau wie Engelmann, der reglos mit der Hand in einer kleinen Tasche blieb.

Ruenco hob und bewegte langsam seinen Kopf. Joe konnte ihn aus den Augenwinkeln erkennen.

Ein Busch in sieben, acht Metern Entfernung zitterte und kurz darauf folgte das Knacken eines trockenen Zweiges.

Mit sehr langsamer Bewegung zog Ruenco ein großes Jagdmesser hervor. Die Klinge glänzte in der Sonne und blendete Joe einige Male.

„Was ist das?", flüsterte Engelmann.

Ruenco zischte.

Ein Schwarm Papageien vertrieb mit seinen lauten Stimmen schimpfend die Stille. Als sie vorübergeflogen waren, lauschten die drei noch eine Weile zu den Büschen und achteten auf die

Geräusche in der Umgebung.

Dann setzte sich Ruenco entspannt aufrecht, drehte das Messer in der Hand und hielt es mit dem Griff zu Joe.

„Damit wird es besser gehen."

„Ist es weg?"

„Das könnte ein Puma gewesen sein. Anscheinend hat er schon gefrühstückt und ist weitergezogen. Wir hatten Glück." Ruenco klang ausgeschlafen.

„Na, hoffen wir mal", sagte Engelmann erleichtert, wobei ihm sichtbar die Starre von den Schultern abfiel.

Joe legte das winzige Messer beiseite, griff nach dem Jagdmesser und begann mit der Arbeit. Er halbierte die Melone und machte beiläufig eine Anspielung: „Ist gut geschliffen. Die Klinge wäre für die Ananas nicht schlecht gewesen."

„Sie haben nicht gefragt. In zehn Minuten brechen wir auf", sagte Ruenco harsch, drehte sich um, schaltete das GPS ein und suchte nach dem nächsten Zielpunkt.

Zuerst bekam er ein Stück der saftigen Frucht.

Kauend sagte Ruenco: „Diese Richtung." Er zeigte auf einen hohen Baum mit schräger, lichter Krone. „Seht ihr ihn? Das ist unser Weg."

Engelmann gähnte. Der Schreck hatte sich gelegt und sein Körper demonstrierte gegen den viel zu kurzen Schlaf. Grob säuberte er sich die

Füße und zog die Socken und Mokassins an.

„Hier, nimm. Das wird helfen", sagte Joe und reichte ihm sein Stück.

„Ob die uns schon suchen?", fragte Engelmann, kaute und schluckte genussvoll.

„Das werden sie gewiss. Nur dummerweise ziemlich weit entfernt", antwortete Joe nach einer Weile des Schweigens.

Ruenco sah sich nicht veranlasst, die Antwort zu geben.

„Ich weiß", sagte Engelmann langgezogen. „Aber die sind ja nicht blöd und werden schnell merken, dass wir auf einer völlig anderen Route sind."

„Für die könnten wir überall sein." Joe biss wieder ab und knabberte die Reste Fruchtfleisch von der Schale. „Die wissen nicht ansatzweise, wo sie mit der Suche beginnen sollten. Das mögliche Gebiet ist riesig."

„Dank unseres Spezialisten." Engelmann wischte sich die klebrigen Hände an der Hose ab und erhob sich stöhnend.

Rasch stieg die Sonne höher, blitzte durch die Blätter und Zweige hindurch und kündigte damit die Wärme des Tages an. Das war der Startschuss für den Wettlauf gegen den Tod. Zu diesem wunderschönen Bild kreiste oben in den Lüften anmutig ein einsamer Vogel wie der erste Gast der makabren Show. Es war ein Geier in seinem schönsten Frack. Und vermutlich war er nicht zum Applaudieren hier, sondern wartete auf ihr Versagen und sein Abendmahl.

Eine Weile beobachtete Joe den seichten Flug. Dann raffte er sich auf, wischte flüchtig das Laub und die Stöckchen von der Hose und nahm die Tüte mit den Tomaten und der letzten Ananas.

Ruenco war bereits vorausgegangen. Er würde nicht zurückblicken oder auf sie warten. Es wurde Zeit.

„Kommen Sie", sagte Joe zu Engelmann und deutete mit dem Kopf zu Ruenco. „Wir sollten ihn nicht verlieren."

Engelmann hievte seinen Rucksack auf eine Schulter, hängte sich die Kamera um den Hals und nickte ihm zu. An diesem Morgen wirkte der Rucksack schwerer, als wäre er größer geworden und bis unter den Rand mit Steinen gefüllt.

Joe ging voran und versuchte, Ruencos Schritten zu folgen. Sämtliche Dornen waren noch hier, wirkten wie Stacheldraht, dazu kamen Äste, die wie Schranken den Weg blockierten, und die Sonne, eine aufgedrehte Heizung im Backofen.

Vorsichtig stieg er über eine Ranke und Äste, verhakte sich am Knie in einige Stacheln und riss sich los. Es musste weitergehen. Zu viel Rücksicht benötigte zu viel Zeit und ein rasches Vorwärtsstreben strafte ihn mit Schmerzen und tief sitzenden Stacheln ab, die unter der Haut brannten und sich in dem feuchten Klima leicht entzünden konnten. Er blieb stehen und sah zu den weit entfernten Bäumen, drehte sich und blickte bis zu den großen Baumkronen gegenüber. Der Wald schien grenzenlos zu sein.

Gegen das Licht der Sonne glitzerte ein kleiner Stern in einer entfernten Hecke abseits des Weges. Das Funkeln hatte die Form einer Seifenblase. Joe kniff die Augen zusammen, sah genauer hin und wollte erkennen, was dort war. Und er konnte seinen Augen kaum trauen, was er erblickte. Inmitten des Gebüsches in zehn, fünfzehn Metern Entfernung steckte eine wunderschöne, glänzende Schneekugel. Die Sonne spiegelte sich darin und offenbarte das kleine runde Glas mit einer Miniaturwelt. Nur war er zu weit entfernt, um Genaueres zu bestimmen. Das musste er sich ansehen, blickte nach hinten und sah zu dem Zielbaum. Ruenco und Engelmann waren nicht in Sichtweite. Für seine Tochter konnte er den kleinen Umweg durchaus machen, auch wenn er noch zweifelte. Vielleicht existierte die Schneekugel nur in seiner Einbildung oder war ein Konstrukt aus greller Sonne, Hitze und den ersten Halluzinationen beim Beginn des Verdurstens. Doch die Kugel war da. Eindeutig stand sie zwischen den Ästen, wie für ihn aufgestellt. Seine vernebelten Gedanken und der träge Geist verlangten nach einer Erklärung und drängten ihn, wie von verführerischen Sirenen magisch angezogen, tiefer in die Dornen hinein. Er lächelte.

„Joe", rief Engelmann von hinten. „Dort ist unser Baum. Sie müssen dort entlang."

„Das Leuchten", sagte Joe vermutlich zu leise und zeigte darauf. „Dort drüben, gleich dort drüben ist es." Jetzt drehte er sich um, sah Engelmann im Abstand hinter Zweigen und rief: „Können Sie die Kugel sehen? Ich werde sie holen."

„Da ist nichts. Kommen Sie weiter. Der Pilot hat den Baum fast erreicht. Wir dürfen ihn nicht verlieren. Beeilen wir uns", schrie Engelmann zurück und wedelte mit einem Arm, bis er sich in Stacheln verfangen hatte, zu fluchen begann und mit sich selbst beschäftigt war.

Obwohl die Sonne ihre Bahn erst begonnen hatte, brannte sie schon unerbittlich. Joe wischte sich Schweißperlen von der Stirn. Eine Pause kam aber nicht infrage. Jetzt noch nicht. Er musste weiter, die Kugel holen und schnell zum Zielbaum.

Wie verzaubert folgte er dem Glitzern. Meter um Meter bahnte er sich den Weg zum Schimmern im Gegenlicht und die innere Freude belebte ihn. Kein Absturz der Welt konnte ihn aufhalten, den Wunsch seiner Tochter zu erfüllen. Dort stand die Kugel und glich sich exakt mit seinen Vorstellungen. Sein Lächeln wurde breiter. Jetzt würde er nicht mit leeren Händen zurückkommen.

Die Kugel war zum Greifen nah.

Es blieben nur noch vier waghalsige, schmerzvolle Schritte.

Er blieb stehen und erkannte die kleinen Häuschen im Inneren, winzige Bäume und Schneestreusel auf dem Boden. Ivey konnte ihn aufschütteln, wann immer sie wollte, und zusehen, wie er langsam herunterglitt, sich um sich selbst drehte, tanzte und sanft über die kleine Welt legte. Immer wieder von neuem.

Glücklich bog Joe einen Ast zurück, reckte den anderen Arm weit vor und griff danach.

„Joe Wilson!" Engelmanns Stimme riss ihn aus den schönen Gedanken, auch wenn sie nur leise von weit hinten kamen.

Kurz drehte er sich um, suchte nach der Stimme, konnte Engelmann nicht finden und bekam einen leichten Anflug von Panik. Er musste sich sputen, die Kugel schnappen und schnell den Anschluss zu den beiden bekommen.

Flink wendete er sich wieder der Kugel zu. Wenige Zentimeter vor seiner ausgestreckten Hand saß ein Skorpion auf dem Ast, der den Stachel weit nach oben gebogen hatte, als wäre er ein Henkel. Gegen die Sonne und mit dem verschrobenen Blick der Mattigkeit bildeten seine Umrisse eine kleine Kugel.

Geschockt zuckte Joe zurück und trat nach

hinten, ohne den Feind aus den Augen zu verlieren, und einen weiteren Schritt, um das Gleichgewicht zu halten. Fiese Dornen krallten sich in seine Wade, rissen an der Hose und bohrten sich in die Haut. Ein Stiefel verfing sich zwischen Wurzeln und Zweigen, die ihn festhielten und in der Drehung und der Suche nach Halt sein Fußgelenk blockierten. Die Fliehkraft trieb ihn ein winziges Stück weiter. Hörbar zerfetzte der Stoff und Joe verlor den Halt, griff nach einem Ast, stürzte und versank im hohen Gras zwischen Dornen, Kakteen und Zweigen.

Schmerzen fingen ihn auf, während ihm spitze Äste ins Gesicht schlugen. Über ihm schob sich der Vorhang zu.

Die Gräser und Büsche wirkten wie ein brüchiges Monument mit dunklen Schatten und Rissen in einer unwirklichen Welt.

Für einen Augenblick lang sprintete sein Herz im Galopp, bis der Schmerz überhandnahm und das Adrenalin aus den Venen verdrängte, als hätte es der Wind davongetragen.

Joe sah wieder klar, stöhnte und spürte die aufgerissene Handfläche, die Wunden am rechten Arm und am Bein.

Die Schneekugel gab es nicht. Die offenen Schnitte und das Blut auf seiner Hand dagegen schon. „Verdammte Hitze", schimpfte er leise und zog sich vorsichtig einige Stachel aus der Handfläche. Die winzigen abgebrochenen, die unter der Haut saßen, konnte er mit den Fingernägeln nicht erwischen. Darum würde er sich später kümmern.

Schwerfällig stützte er sich ab und erhob sich stöhnend aus dem Gras. Die herausgefallenen Tomaten sammelte er ein, steckte sie in die Tüte zurück und sah sich in der Gegend um.

Der Skorpion war fort. Genau wie Ruenco und Engelmann.

„Hey, Doc! Ruenco?", rief er laut, wobei seine Stimme nicht zu ihm passte, viel zu leise war, zu hoch und ungekannt in der trockenen Kehle vibrierte. „Hey, wo seid ihr?"

Weder kam eine Antwort, noch gab es eine Spur von den beiden. Nach kurzem Zögern, was ihm wie eine Ewigkeit vorkam, rief er abermals. Auch diesmal wartete er vergebens auf eine Reaktion.

Der Etappenbaum stand nahezu einhundert Meter entfernt. Joe hatte keine Zeit zu verlieren und lief ein paar Schritte darauf zu, blieb stehen und drehte sich um sich selbst. Hier war er nicht langgekommen. Kein Ast war geknickt, kein heruntergedrücktes Gras und keine Spur war zu sehen. Aber der Baum! Der Baum stand dort wie eine Werbetafel. Also weiter. Hoffentlich würden die beiden auf ihn warten. Bei Ruenco war er sich nicht so sicher.

Besorgt sah sich Joe um, stapfte zwei Schritte weiter, drehte sich wieder im Kreis und sah zum

Ziel. War das der richtige Baum? Die Baumkrone saß schräg auf dem langen dünnen Stamm, genau wie er es sich eingeprägt hatte. Das war eindeutig sein Baum, dort hinter den Büschen und weit vor dem staubigen Grün. Und auch der daneben, zwanzig Meter weiter links, hatte einen vergleichsweise dünnen Stamm und eine gleichermaßen schräge Krone. Rechts davon stand ein einzelner Baum. Warum hatte Ruenco den nicht vorgeschlagen? Aber vielleicht hatte er das ja. Denn auch dieser stimmte mit den Angaben überein. Und dahinter standen im Abstand vier weitere einzelne Bäume ... und überall. Er war umzingelt von passenden Bäumen, drehte sich hektisch und schrie in irgendeine Richtung: „Wo seid ihr? Hey! Meldet euch! Ruenco! Engelmann!" Wild ruderte er mit den Armen und rief in eine andere Richtung und nochmals gegenüber. Die Panik, die ihn jetzt wie ein Tsunami erwischt hatte, schob seine halbwegs klaren Gedanken mit Leichtigkeit beiseite. Verrückte Vorstellungen peitschten durch seinen Geist mit wilden Szenarien der Einsamkeit, schaurigen Skeletten und Dürre.

Außer zwei Vögeln, die sich gegenseitig schreiend verfolgten, und ein paar Zikaden, die ihm die einzigen Antworten gaben, war er auf sich allein gestellt.

„Ganz ruhig, Joe", redete er sich gut zu und der brennende Takt in seiner Hand ließ ihn flattern wie eine aufgescheuchte Taube. Abermals drehte er sich um und suchte etwas Bekanntes, den letzten Baum, das letzte Ziel. Die Angst ließ ihn zittern.

„Hey!", schrie er abermals und legte beide Hände als Trichter vor dem Mund. „Wo seid ihr?"

Rings um ihn herum waren Büsche, Zweige und Gräser. Alle unberührt.

Nie zuvor hatte er Probleme mit der Orientierung gehabt und bereits als Kind ohne fremde Hilfe nach Hause gefunden. Egal, ob er in einer unbekannten Stadt oder in den Wäldern unterwegs gewesen war. Allerdings war das in Deutschland gewesen, wo die Wälder nie so groß gewesen waren und es Wege und vereinzelte Hütten, Bäche und Brücken gab.

Hier sah alles gleich aus. Irgendwie. Und er brauchte nur einem Ast oder Busch auszuweichen, einen Schritt zur Seite machen oder sich kurz umdrehen, und schon war die eingeschlagene Richtung für alle Zeit futsch und seine grandiose Orientierung dahin.

Die Beklemmung trieb als merkwürdiges Kribbeln in seine Adern und brachte ihm neben der Sonne dicke Schweißperlen auf die Stirn. Üblicherweise war er die Ruhe selbst, hatte alles im Griff. Doch im Angesicht der Einsamkeit und der bedrohlichen Hilflosigkeit schienen sich die Ereignisse drastisch zu ändern. Ohne GPS konnte er sich nur an der Sonne und den Sternen orientieren.

Doch damit kannte er sich nicht sonderlich gut aus. Wozu auch? Bisher hatte er sich nicht darauf verlassen müssen.

Wo lang?, dachte er und brauchte nur die richtige Richtung, einen Stoß für den Beginn seines Weges. Doch niemand würde ihm diesen Schubs geben und niemand den Baum bestätigen, bei dem die anderen warteten und GPS war, welches sie aus dieser verdammten Hölle führen konnte.

Verzweifelt kratzte er sich den juckenden Oberarm, bis die Stelle blutete. Es juckte weiter und brannte dazu.

Die Sonne wurde kräftiger und stand bereits hoch am Himmel. Solange sie nicht im Zenit stand, könnte er sich an ihr orientieren. Sie mussten genau nach Norden, hatte Ruenco gesagt. Und Joe musste sich erinnern, wo die Sonne gestern um die gleiche Zeit am Himmel gestanden hatte.

Dort hinten ist sie aufgegangen, überlegte er, drehte sich leicht nach rechts und sah mit nahezu zusammengepressten Augen wieder zum Feuerball auf. Nein, ein Stück weiter drüben, oder doch hier? Das ergab keinen Sinn. Er wusste nicht, wo Norden war. Alle Gedanken und jede Idee waren nur Spekulationen und würden ihn niemals hier rausführen. Aber wenn er die Bahn der Sonne von einer festen Stelle aus verfolgte und eine Markierung setzte, könnte er sich sicher sein. Nur brauchte diese Methode jede Menge Zeit. Mindestens zwei Stunden, wahrscheinlich mehr, bis er ihre Bahn und damit die Himmelsrichtungen in etwa bestimmen konnte.

Verzweifelt schüttelte er den Kopf. In zwei Stunden wäre Ruenco schon weitergelaufen. Und Engelmann hinter ihm her. Dann würde Joe sie nie wieder einholen. Egal, in welche Richtung er gehen würde.

Keinesfalls konnte er hierbleiben und auf die Sonne warten. Nicht ohne Wasser.

Ein scharfes Kneifen am Arm lenkte ihn ab. Er wischte über eine kleine schwarze Ameise auf der Haut, die ihre Beißer darin vergraben hatte und weiterhin festklebte. Was wollte sie von ihm? Hatte der kleine Scheißer vor, ihn bei lebendigem Leib aufzufressen, wollte er Stücke aus seinem Fleisch schneiden und ihn in Einzelteilen zu seinem Nest abtransportieren? Mistvieh, elendes.

Lass den Unsinn, dachte Joe, beobachtete ihr Treiben und wischte noch einmal darüber. Sie fiel ins Gras. Ein roter, stechender Punkt blieb auf der Haut zurück.

Im Genick, am Oberschenkel, auf der Hand und unter dem Hemd zwickten und pikten die kleinen Biester. Er hatte keine Chance, sich der Übermacht zu stellen, und sein Körper hatte die Notreserven der Energie längst aktiviert und er musste, ja, er konnte gar nicht anders, als jede unnötige Bewegung zu vermeiden. Die Kraft, um die vielen kleinen Plagegeister wegzuwischen, war knapp. Er eilte ein paar Schritte weiter, ungeachtet des hohen Gebüsches und wie der Boden bewachsen war. Nur weg hier. Hinterhältige Biester.

Weit mehr als das Piesacken und mehr als die geschundene Handfläche mit ihrem dauerhaft rhythmischen Song schrie das Handgelenk im Takt des Herzschlages nach Freiheit und Harmonie. Der Henkel der Plastiktüte hatte sich zusammengeschoben und in sein Fleisch geschnitten. Joe hatte das bisher nicht bemerkt und wechselte die Tüte in den Händen und sah hinein.

Darin lag in Form von zwei Tomaten und einer nicht allzu großen Ananas seine Lebenszeit.

Doch was war mit den beiden anderen Männern? Er hatte ihnen versprochen, darauf aufzupassen, und wollte alles gerecht aufteilen. Aber sie waren nicht hier, hatten ihn im Stich gelassen.

„Hey!", rief Joe wieder.

Niemand antwortete und er war auf sich allein gestellt, war verzweifelt und erschöpft genug und musste an sich selbst denken. Die Vereinbarung wurde damit hinfällig und die übrigen Vorräte, die ohnehin seine eigenen waren, konnte er sich ab sofort selbst einteilen.

Wie bei der Bewegungsroutine eines Montageroboters fuhr seine Hand in die Tüte und griff nach einer Tomate. Die Zeit abzuwägen, was moralisch oder korrekt war, hatten die widrigen

Lebensbedingungen ausradiert.

Yo que mas puedo hacer aquí se ya te perdí, si ya te perdí, si ya te perdí, summte Joe die Melodie und dachte an Ivey, sein Zuhause und den aufgedrehten Wasserhahn in seinem Garten und wie kühle Tropfen ihn besprenkelten und er sich unter den Strahl legen würde und einen Mund voll davon trank. Gierig und unaufhörlich. Das war schön. Nichts Besseres hätte er sich vorstellen können.

Während seines hoffnungsvollen Ausflugs in die Möglichkeiten und der Einbildung malträtierten ihn emsig dreiste Insekten.

Happening

Schweißperlen lagen Joe auf der Stirn und perlten von den Schläfen ab. Kitzelnd suchten sie sich einen Weg über beide Wangen und liefen den Hals hinunter und über die Brust und den Rücken, wo die Feuchtigkeit dunkle Ränder auf sein Hemd zeichnete. Er brauchte dringend eine Pause, so wie es Ruenco gesagt hatte. Mit jedem einzelnen Tropfen, der den Körper verließ, schwand das eigene Leben, solange die Flüssigkeit nicht wieder zugeführt wurde. Und es hatten schon viele Tropfen seinen Körper verlassen.

Schatten gab es kaum. Die Sonne stand fast senkrecht über ihm und Bäume mit ihren schützenden üppigen Kronen gab es kaum. Um ihn herum bot das Gestrüpp keine freie Stelle ohne Dornen, nichts, wo er sich ein paar Minuten hätte ausruhen können, ohne sich zu verletzen.

Er musste weitergehen. Weiter voran. Immer geradeaus, ohne zu wissen, ob er nicht tiefer in den Trockenwald laufen würde oder alles einen Sinn machte.

Wie mechanisch trieben ihn seine Beine voran.

Er war kraftlos und ausgelaugt, schleppte sich tapfer weiter, schaffte kaum die Füße über die Ranken und das Gehölz zu heben, blieb immer wieder mit der Hose oder dem Hemd hängen, zerrte daran und machte den nächsten Schritt. Eine unsichtbare Kraft trieb ihn an, wie in einem nicht enden wollenden Albtraum.

Kein Mensch hatte dieses Fleckchen Erde jemals zuvor betreten. Jetzt kannte Joe den Grund dafür. Und er wusste nicht, woher seine Kraft kam, weiterzumachen, und wann sie aufgebraucht sein würde. Nicht einmal das Erreichen des nächsten hohen Baumes war jetzt noch sicher.

Er war am Ende, musste verschnaufen.

Entkräftet trat er ein paar Äste vor einem Busch beiseite, der etwas Schatten im Fußraum bot, und schob notdürftig eine kleine Fläche frei. Dort ließ er sich in dem Bewusstsein fallen, dass es in der Hitze nur eine kurze Rast sein durfte, eine winzige Atempause, um zu verschnaufen und Reserven für den langen Weg zu tanken.

Er musste vorankommen.

Er musste leben.

Eine Wolke verdunkelte die Sonne. Joe sah nach oben, blinzelte gegen das Licht und verfolgte ihren sanften Flug.

Das Leben war angenehm, fühlte sich in diesem Moment leicht und friedvoll an. Seine Muskeln entspannten sich, womit sich sein Geist öffnete.

Die positiven Gedanken und das Wohlgefühl brachten Joe ein leichtes Lächeln, die Schmerzen verschwanden und der Durst trat in den Hintergrund. Die innere Anspannung aus den letzten vierundzwanzig Stunden löste sich in diesem Augenblick auf und gab ihm eine nie gekannte Ruhe. Nur seine Hand pulsierte im Takt des Lebens.

Die kleine Wolke zog weiter und gab das grelle Licht viel zu schnell wieder frei. Joe blinzelte und schloss die Augen. Er spürte die Wärme auf den Wangen, versank mit dem Gesang der Vögel in friedvolle Gedanken und ließ im Zustand der Trance und völliger Regungslosigkeit seinem Körper die Zeit, Energie zu generieren.

Was würde sein Partner in Encarnación denken, wenn er nicht mehr zurückkommen würde? Die Geschäfte mit den Fleischwaren, der exklusiven Wurst von Muti und den Gefrierschränken hatten sich nach heftigen Anfangsschwierigkeiten gut entwickelt. Da war dieser Großkunde in Asu, den er in den kommenden Tagen besuchen wollte. Wie es aussah, würde der Termin wohl platzen, und das spielte keine Rolle mehr. Diese ungekannte mentale Einstellung übertrug sich auf alle weiteren Probleme und Streitigkeiten, die noch vor einem Tag großgeschrieben worden waren.

Die Zeit war gekommen, bescheiden unter diesem Busch zu sitzen und Probleme aus einer völlig neuen Perspektive zu betrachten. Es war eine Perspektive, die das Leben erheblich erleichterte. Dieser Platz war wunderschön. Die klare Luft, der Himmel und die Melodien der Vögel. Welcher Kunde, welcher Antrieb und welches Problem wären wichtiger als der Augenblick?

Allerdings wäre es in einem solch denkwürdigen Moment wünschenswert gewesen, an die eigene Familie, an Ivey und die vielen lieben Leute zu denken, mit denen ihn sein Herz verband. Was dachten Menschen üblicherweise vor ihrem Ende, falls es überhaupt das Ende war? Gab es dazu eine Statistik oder irgendwelche Standards oder Rituale?

Auch das spielte keine Rolle. Joe war ausgeglichen und seine Probleme in den Himmel gestiegen.

Ein zartes Lächeln lag auf den Lippen.

Ivey, sein kleiner Schatz, würde dieses Jahr in die Schule kommen. Dazu hatte er alles erledigt, außer die Schuluniform, die noch bei der Schneiderin lag, sowie ein paar Stifte und einen Block, die besorgt werden mussten. Ivey war ein schlaues Mädchen. Falls er es nicht nach Hause schaffen würde, konnte sie selbst die Stifte aussuchen und Grandpa würde das Geld dafür beisteuern. Somit gab es nichts, was unerledigt war, und nichts, weswegen er sich bewegen müsste.

Völlig entspannt und ohne ein schlechtes

Gewissen zu haben, könnte er an genau dieser Stelle sitzen bleiben und den Wolken bei ihrem Flug zusehen. Er brauchte sich nicht bewegen, nie wieder. Und das war völlig in Ordnung.

Zu dem überaus zufriedenstellenden Happening wollte er die letzte Ananas genießen und diesen anstrengenden Tag – und vielleicht sämtliche andere Tage zuvor – würdig beenden.

Man hört ja so einiges. Zum Beispiel wird sich erzählt, dass nach drei Tagen ohne Wasser der Tod eintritt. Diese Einschätzung gilt jedoch für normale Bedingungen. Und nicht für den Chaco bei vierzig Grad und aktiver Bewegung.

Denn dann genügen bereits wenige Stunden ohne Flüssigkeitszufuhr, die zu einer Dehydrierung führen, womit eine drastische Verlangsamung der Mobilität einsetzt. Es folgen Konzentrationsverlust, Halluzinationen und steigende Körpertemperatur. Das Blut wird dicker, Müdigkeit setzt ein, dann kommen Kopfschmerzen, Kreislaufprobleme und Schwindelgefühle hinzu. Üblicherweise reagiert der Körper bei anhaltenden Bedingungen ohne Wasser mit Atemnot und ernsthaften Problemen bei der Koordination der Glieder. Was dann folgt, ist deutlich schlimmer. Alles läuft auf eine Selbstvergiftung und multiples Organversagen hinaus.

Etliche Jahre nach dem Unglück – ich muss

zwölf oder dreizehn gewesen sein –, habe ich angefangen, über solche Themen zu recherchieren. Bis dahin konnte es mein Verstand wohl nie so richtig aufnehmen und hat die Gedanken daran aus meinem Leben verdrängt. Niemand sollte so etwas durchmachen müssen. Schon gar nicht ein kleines Mädchen.

Ich weiß noch genau, wie es war, als Dad auch an diesem Tag nicht nach Hause kam. Manchmal, wenn ich mich den Gefühlen von damals hingebe und sich die Erinnerungen aufbauen, spüre ich wieder und wieder die innere Unruhe. Das Herz klopft stark, die Konzentration lässt nach und die Adern pulsieren vom Gedeihen der Angst.

Genau diese Panik und die Ungewissheit haben mich in diesen Tagen geprägt. Ich war doch ein sechsjähriges Mädchen und kannte das Leben nicht.

Ohne lange nachzudenken, reagieren Kinder geradeheraus und folgen ihrer Intuition. Doch habe ich weder nachgefragt, noch mich in eine Ecke zurückgezogen oder geweint. Die Ungewissheit und eine böse Vorahnung plagten mich an diesem Tag und der folgenden Nacht überaus heftig und ich erkannte die Tatsachen nicht als Wahrheit. Aus heutiger Sicht war ich wirklich tapfer, denn ich glaubte zu jeder Zeit fest an ein gutes Ende, selbst dann, als Grandpa mir sagte, dass Dad auch an diesem Tag nicht zum Essen zu

Hause sein würde. Tapfer trug ich die Last, die so massiv war wie der Hackklotz bei Grandpa auf dem Hof und sich nicht abschütteln ließ, weil sie zäh wie ein Kaugummi an der Schuhsohle klebte.

Von den Chipas, dem Kohlsalat und der kalten Zitronenlimonade habe ich an diesem Tag nichts angerührt. Meine Kehle war wie zugeschnürt.

Vor mir stand der gefüllte Teller und ich saß schweigend auf der Bank gegenüber von Grandpa und habe gebetet. Bis zu diesem Tag waren es Dad und manchmal Grandpa gewesen, die vor dem Essen oder im feinen Anzug oder einem schicken Hemd am Sonntag in der Kirche gebetet haben. Fast immer war ich dabei, wie es ein kleines wohlerzogenes Mädchen tun sollte, und habe viel darüber gelernt. Nun betete ich, wie es die Großen taten, hatte die Hände ineinandergelegt und murmelte leise vor mich hin.

„Lieber Gott, beschütze meinen Dad und bringe ihn heil zurück. Wir wollten doch wieder Angeln gehen, und wenn du nicht erlaubst, dass er sein Versprechen halten kann, dann bist du nicht länger mein Freund. Überleg es dir gut. Dafür werde ich auch immer brav sein und mich sogar auf die Schule freuen und mein Zimmer einmal pro Woche aufräumen. Amen."

Joe hatte die Finger ineinander gefaltet. Die Ananas lag in seinem Schoß, er lehnte an einem dünnen Stamm, hatte Äste und schmale Blätter mit dem Rücken zusammengedrückt und sah zum blauen Himmel und den einzelnen Wolken empor. „Lieber Gott, du Allmächtiger", begann er mit leisen Worten. Seine Lippen waren aufgesprungen und die Wangen zerstochen. „Lass mich heil hier rauskommen und schütze meine Tochter und begleite sie auf allen Wegen und segne sie durch deine wunderbare Macht. Bitte schenke ihr Gesundheit und ein langes Leben. Amen."

Dann suchte er in der Brusttasche seines Hemdes nach dem kleinen Messer von Engelmann, klopfte erfolglos die Hosentaschen ab und konnte es nirgends finden. Vielleicht war es verlorengegangen oder er hatte es Engelmann zurückgegeben. Daran konnte er sich nicht erinnern.

Die Schale der Ananas war hart und stachlig. Er biss hinein und spukte das erste Stück wieder aus.

Dann sah er sich die Frucht an.

Lange und still.

Immerhin konnte das sein letztes Essen sein.

Seine Fußsohlen schmerzten, die Handfläche pochte und die Arme juckten und brannten.

„Joe?", hörte er entfernt zwischen den Liedern der Vögel. Er sah sich um. Doch niemand war zu sehen. Er konnte seinen Ohren genauso wenig trauen wie den Augen und dem Verstand. Seine Sinne betrogen ihn im Rausch der Hormone auf heimtückische Weise. Das hatte er bitter erfahren müssen. Doch er kannte den Feind und konnte gegen diese Trugbilder und Halluzinationen ankämpfen. Noch.

Er biss kräftig in die Schale, riss sie auf und schnitt sich dabei an den Stücken die Lippen blutig. Am Gaumen schmerzte die spitze harte Schale und der fruchtige Saft milderte sein Leiden augenblicklich. Deswegen versenkte er erneut und genussvoll seine Zähne im Fruchtfleisch.

„Hey, Joe. Hier! Wir sind hier drüben." Die entfernte Stimme verschwamm mit der Illusion seiner Sinne.

In Sekundenschnelle belebte der Fruchtsaft seinen Gaumen und den Geist und blendete das Empfinden ein, als würde jemand mit einem Schieberegler am Mischpult die Lautstärke erhöhen. Selbst die Sicht wurde klar und der eingeengte Blickwinkel weitete sich, die Ohren vermeldeten die düstere Musik der Zikaden, einen verdrossenen Vogel und rauschende Blätter, die sich im aufkeimenden Wind bewegten. Unzählig viele Details traten in den Vordergrund, die vor Augenblicken nicht zu erkennen gewesen waren. Gleichzeitig mit den Sinnen kamen die Schmerzen zurück, besonders das Brennen der aufgerissenen Hand.

Und auch dabei blieb es nicht. Wie ein Sturm, der unangemeldet durch seine Gedanken fegte, überfielen ihn die geballten Erinnerungen an die ausstehenden Pflichten. Er konnte nicht hierbleiben, hatte Verantwortung und musste für seine Tochter da sein, bis sie groß geworden war und einen lieben Mann an ihrer Seite hatte. Vielleicht war es seine Pflicht, ein Grandpa zu werden, einen Enkel oder eine Enkelin kennenzulernen und ein Vorbild für sie zu sein. Außerdem hatte er ein paar Schulden für die Geschäftserweiterung aufgenommen. Das neue Warenangebot und die Sparte mit den Kühlschränken war schließlich seine Idee gewesen. Lange hatte er mit Roy, seinem Partner, darüber diskutiert, bis er ihn hatte überzeugen konnte. Auf keinen Fall durfte er ihn jetzt im Stich lassen.

Dann war da noch Frank, der ihm etwas Geld geborgt hatte, und natürlich schuldete er seinem Dad Hilfe auf der Farm, beim Traktor und die Gewürze hatte er vergessen und musste das in Ordnung bringen.

Es gab jede Menge zu tun. Zu viel, um hier zu sitzen, Trübsal zu blasen und die Wolken anzustarren.

Joe blickte zur Seite. Nur etwa fünfzehn Meter weiter, am nächsten Baum, saß Engelmann am Stamm und winkte herüber.

Noch war Joe nicht klar, ob es eine Illusion war oder er leibhaftig dort saß.

Hatte Gott ihn erhört und war seine Zeit nicht gekommen? Sollte er stark sein, kämpfen und durchhalten? Was war sein Plan? Was verlangte Gott in dieser Prüfung?

„Kommen Sie rüber", rief Engelmann und Joe begriff es endlich. Sie hatten die ganze Zeit in unmittelbarer Nähe verbracht. Joe hätte sich keinen schöneren Anblick wünschen können als das Gesicht von Engelmann. Er sah zum Himmel auf. „Danke, lieber Gott, vielen, vielen Dank", murmelte er, nickte vor sich hin und schrie, soweit es die ausgedorrten Stimmbänder zuließen, zu Engelmann hinüber: „Ich komme." Dabei schmunzelte er knapp.

Für den Weg durch das Dickicht brauchte er mehr Kraft als angenommen. Doch seine Füße trugen ihn bis zu den großen Bäumen und zu den anderen. Joe ließ sich am Baum neben Engelmann auf den Boden sinken. Der sah auch nicht besser aus als er selbst, war angeschlagen und hatte sich einen Sonnenschutz aus einem T-Shirt gebastelt und auf den Kopf gesetzt.

„Ist noch etwas von den Vorräten übrig?", fragte Engelmann vorsichtig und schielte auf die Tüte.

Ruenco saß ein paar Meter weiter im Schneidersitz unter einem Busch, sah in den Himmel und brabbelte unverständliche Dinge vor sich hin.

„Ja, aber es wird nicht mehr lange reichen." Joe holte die angebissene Ananas aus der Tüte und rief zu Ruenco: „Ich brauche das Messer."

Ruenco reagierte nicht, starrte weiter in die Luft und brabbelte vor sich hin.

„Was ist mit ihm?" Joes Stimme war schwach, rau und leise.

Engelmann zuckte nur mit den Schultern. „Wir verdursten." Er drückte seine Finger in die Hüfte. „Hier schmerzt es am meisten."

Beschwerlich erhob sich Joe, ging hinüber und tippte Ruenco auf die Schulter. „Hey Señor. Wie geht es Ihnen?"

Der nickte als Antwort und sah Joe dabei nicht einmal an.

„Haben Sie das Messer noch?"

„Es ist nicht meine Schuld", sagte Ruenco mit kläglicher Stimme.

„Hören Sie, niemand macht Ihnen Vorwürfe", beschwichtigte ihn Joe. „Wir werden das hinter uns bringen, so Gott will."

„Wenn Sie mich fragen ...", kam vom Baum herüber.

Joe drehte sich um und fuhr dazwischen: „Tut aber niemand. Die Sache ist passiert und wir sind hier." Er wendete sich wieder an Ruenco: „Was ist mit dem Messer? Ich habe noch etwas Ananas."

Schweigsam und den Blick nach unten gerichtet, zog Ruenco das Messer aus der Halterung am Gürtel und reichte es ihm.

Joe klopfte ihm einige Male freundschaftlich auf die Schulter, ging gebeugt zum Baum zurück, setzte sich und schnitt die übriggebliebene Ananas auf.

Das war ihre letzte Essensration.

Der Umweg

Sie waren weitergezogen. Gebrochene Äste, beiseitegeschobene Ranken und niedergedrücktes Gras deuteten auf den letzten Rastplatz unterhalb des Stammes eines Baumes mitten im Wald des Chaco.

Auf ausgekauten Ananasschalen suchten Ameisen nach verwertbaren Resten. Ein paar Meter weiter lehnte ein Rucksack an einem vertrockneten Busch. Er war in sich zusammengefallen, wirkte trostlos und vergessen wie eine Last, die niemand haben wollte.

Die Sonne schickte ihre Wärme unerbittlich auf die Erde und die Insekten feierten das in wilden chaotischen Tänzen.

Der kleine Pfad, der von dieser Stelle abging, würde in ein paar Tagen nicht mehr zu sehen sein. Ein Stück weit wäre der Wind dafür verantwortlich, der ihn zusammenschieben würde, dann kämen die Pflanzen, die nach dem nächsten Regen in Windeseile neue Triebe und Blätter ausbilden und sich wie ein Teppich über alles legen würden. Mit tausenden Kämpfern aus Holz, Blättern und

Samen holte sich die Natur ihr Gebiet zurück. Immer.

Hoch oben kreisten drei Aasgeier, die ihre künftige Beute längst ins Visier genommen hatten. Sie brauchten nichts weiter zu tun als abzuwarten und zu beobachten. Alles andere sollte sich von selbst ergeben. Denn genauso war die Wildnis. Sie sorgte für das Leben. Auf Kosten eines anderen.

„Wir haben doch alle das Ende gesehen", presste Engelmann leise hervor und meinte damit die Waldgrenze, den letzten klaren Blick vor dem Absturz. Seine Stimme brach, wirkte gequält und heiser, die Worte kamen ihm langsam über die Lippen. Er bildete das Schlusslicht der kleinen Gruppe. Diesmal ging Joe voran. Mit seinen festen Stiefeln konnte er am besten den Weg ebnen.

„Es kann doch nicht mehr weit sein." Engelmann schwitzte. „Was sagen Sie dazu, Ruenco? Denken Sie, wir haben es bald geschafft?"

„Nicht reden. Sparen Sie die Energie", antwortete Ruenco und lief Joe wie im Gleichschritt nach.

Joe schlug sich auf den Oberarm. Die Insekten waren lästig, wollten seinen Schweiß und das Blut kosten und vielleicht ein Stück vom Leben.

Zum nächsten Baum war es nicht mehr weit. Doch stellte sich ihm mit geballter Kraft der ganze Wald entgegen. Die Hecken wurden dichter und es wurde unmöglich, den geraden Weg zu nehmen, und ohne Buschmesser war an ein Durchkommen ohnehin nicht zu denken.

Die letzten Meter verliefen zäh und schmerzhaft und die Zeit schmolz dahin. Unter dem Baum gab es nur eine knappe Fläche, die ausschließlich für einen von ihnen zum Sitzen reichen würde. Dennoch wartete Joe an diesem halbschattigen Platz auf die anderen. Er hätte noch ein Stück weitergehen können und vielleicht wäre er bis zum nächsten Baum gekommen, bis er eine Pause brauchte. Aber was war mit den anderen?

Ruenco torkelte stöhnend unter das Blätterdach des Baumes. Er hielt sich die Brust.

„Welche Richtung müssen wir?", fragte ihn Joe mit dem Blick zu den nächsten großen Bäumen.

„Wir können hier nicht ausruhen. Kein Platz … Kakteen … Stacheln", sagte Ruenco, schaltete das GPS ein und zeigte auf den nächsten Baum, fünfzehn, zwanzig Meter entfernt.

„Fünf Minuten Pause." Joe wollte sich an den Stamm anlehnen, der war aber mit Stacheln besetzt.

Pustend kam Engelmann dazu. „Durst", stöhnte er und niemand sagte etwas dazu.

Nach wenigen Minuten gingen sie weiter. Der nächste Baum, das nächste Ziel, bis zum Ende sollte es so weitergehen. Und der Weg wurde nicht besser und die Kräfte ließen nach.

In den folgenden zwanzig Minuten sagte niemand etwas. Dann ließen sie sich erschöpft am neuen Zielbaum nieder. Engelmann legte sich ins Gras, seinen Kopf auf den Arm gelegt. Er schloss die Augen. Ruenco sackte in sich zusammen, ließ die Schultern, die Arme und den Kopf hängen. Joe betrachtete die Geier hoch oben und ergab sich in völligem Stillstand der Entspannung. Genau so hätte diese Pause ewig andauern können, doch würde sie vermutlich nie ausreichend Energie liefern, um weiterzukommen. Genau wie die anderen wusste er, dass der Kampf schon bald zu Ende sein konnte. In der Abgeschiedenheit, zwischen den Dornen.

Doch sie rafften sich auf, wollten leben und gingen weiter. Immer weiter, auch wenn an diesem Tag die Pausen mit jeder Rast länger und die Abstände ihres Weges kürzer wurden. Sie wollten leben.

„Wir müssen weiter", sagte Ruenco, der sich erneut abseits gesetzt hatte. Er klang müde, seine Stimme war gequält und rau. Langsam erhob er sich, stöhnte und griff sich an die Brust und knickte ein. Seine gebeugte Körperhaltung und das schmerzverzerrte Gesicht spiegelten die Beschwerden wieder, die er sonst tapfer überspielte.

„Noch einen Baum. Okay?", sagte er matt und suchte mit dem GPS und der Sonne nach dem nächsten Ziel. Ohne auf eine Antwort oder eine gemeinsame Einigung zu warten, lief er schweigend voran.

Freiwillig wäre Joe jedenfalls keinen Meter weitergegangen. Nicht jetzt. Es war genug.

Praktisch wie im Rausch rappelten sich Joe und Engelmann auf und stapften hinter Ruenco her. Der nächste markante Baum, den sie ansteuerten, stand einzeln zwischen Hecken im dürren Gras, wie auf einer Lichtung, die sich für ein lauschiges Picknick anbot. Auch wenn es auf den ersten Blick so aussah, als würde der Weg ebenmäßig und unbeschwerlich sein, lagen dichte stachlige Hecken dazwischen, denen sie weiträumig ausweichen mussten.

Der Umweg dehnte sich immer weiter aus, das Hindernis nahm kein Ende. Lange Zeit fanden sie keine Stelle, zur Lichtung durchzustoßen, und kamen immer weiter vom Kurs ab. Ihr Ziel entfernte sich stetig und sie verloren die Orientierung, gingen wieder ein Stück zurück und machten einen großen Bogen um eine Gruppe stachliger Soldaten.

Der Weg war mühevoll, schleichend und kräftezehrend.

Weit abgedriftet ergaben sie sich der nächsten Pause und sahen ihren ursprünglichen Baum aus größerer Entfernung als zuvor.

Ruenco schnitt einen Kaktus auseinander und presste ein paar spärliche Tropfen in seinen Mund. Dann lehnte er sich gegen den Stamm, sah auf dem GPS nach und wies mit dem Kopf in Richtung eines neuen Ziels, dem Baum, der parallel zu dem anderen stand.

Joe verstand. Ruenco konnte sich die Kraft sparen, etwas zu sagen. Sie mussten weiter, mussten vorankommen. Die Zeit spielte gegen sie. Und mit ihr der Durst, der unaufhörlich wie der Sand eines Stundenglases durch die Gläser lief. Der größte Teil des Sandes war bereits durchgelaufen, die Reserven fast aufgezehrt.

Auch wenn der Stillstand allen dreien wie ein paar knappe Minuten vorkam, hatten sie fast eine Stunde im Schatten verbracht. Dann drückten sie sich hoch und liefen weiter nach Norden.

Die Sonne hatte den Zenit überschritten und neigte sich dem Horizont, doch viele Bäume konnten sie an diesem Tag nicht mehr abarbeiten.

In Begleitung der großen geduldigen Vögel in den Lüften schleppten sie sich durch das unwegsame Gebiet und durch das zutiefst verwobene Unterholz bis zu ihrem letzten Zielort des Tages. Ihre Bewegungen waren eintönig und träge. Die Sinne hatten auf Sparmodus umgeschaltet, als wären sie nutzlose Narren vor dem Altar, die in schweren Zeiten niemand benötigen würde.

Abermals blieb Joe an einem Strauch hängen, dessen Stacheln sich fest in seine Hose krallten. Sie bohrten sich in sein Fleisch, rissen es auf und gaben ihn mit dem Schwung des Beines widerwillig frei. Die brennenden Schmerzen blieben in der Tiefe der eingeschlafenen Empfindungen zurück. Die einzigen Gedanken waren voranzukommen und dem Wahnsinn zu entkommen. Es gab nur dieses eine Ziel. Überleben. Und das lag irgendwo hinter dem nächsten Baum und den vielen anderen, die noch folgen sollten.

An einer Ansammlung mannshoher Kakteen schnitt sich Ruenco wieder ein paar Scheiben aus einem großen, flachen Blatt heraus, von denen er Engelmann und Joe jeweils ein Stück reichte.

„Die weißen Bereiche haben das meiste Wasser gespeichert", sagte Ruenco und saugte an seinem Stück.

Gierig tat es Joe ihm gleich. Engelmann war noch skeptisch, sah den beiden eine Weile zu und biss ebenso in sein Stück hinein. Der quälende Durst ließ ihm keine Wahl. Vorsichtig kauten sie die Flüssigkeit heraus.

Die Ausbeute brachte nur wenige Tropfen. Doch es genügte, um die Lippen und den Gaumen zu benetzen und zu stimulieren. Immer wieder saugte Joe an seinem Stück, drehte es und kaute mühsam den Saft aus der anderen Seite heraus, bis er Blut schmeckte und sich mit dem Handrücken über die Lippen fuhr, womit er einen roten Streifen darüber malte. Viele kleine Stacheln an der flachen Seite hatten sich in die Haut und das Fleisch gebohrt und er bemerkte es zu spät. Jetzt brannten seine Lippe und die Zunge. Das ausgekaute Stück ließ er fallen. Die Schmerzen waren der Preis für das Leben.

An diesem verlassenen Ort gab es keine frische Quelle, keinen Fluss oder See. Wer hier überleben wollte, musste nehmen, was er bekommen konnte, und selbst dafür gab es deutlich zu wenig.

Joe nahm sich das nächste Stück, suchte die Stacheln und saugte gierig an einer glatten Stelle. Nie zuvor wäre er auf die Idee gekommen, in einen Kaktus zu beißen.

Wenige Tropfen und damit lediglich ein bisschen Feuchtigkeit waren aus einem Blatt zu holen gewesen. Es war aufwändig, gefährlich und schmeckte nicht besonders gut.

Obwohl die Sonne tiefer stand, brannte sie nach wie vor unverändert. Etwa zweiundvierzig Grad war es und selbst im dürftigen Schatten stand die Luft wie angebacken. An dieser Stelle konnten sie nicht bleiben, also ging der Fußmarsch weiter.

Nach wenigen Schritten – Engelmann kaute noch an seinem Stück Kaktus herum – schrie er entsetzlich auf, ruderte mit den Armen und hielt sich den linken Fuß. Joe lief neben ihm, griff seinen Arm und stützte ihn, damit er nicht in die Stacheln fallen würde, so wie es ihm passiert war.

„Mein Fuß", jammerte Engelmann, hob sein Bein und sah unter die Schuhsohle. Ein großer, dicker Stachel steckte darin und malträtierte den armen Kerl durch die Sohle hindurch.

Kurzentschlossen zog ihn Joe mit Ruck heraus.

„Hoffen wir mal, dass die Spitze draußen ist", sagte er und ergänzte: „Können Sie bis zum Baum gehen?"

Beherrscht nickte Engelmann. Wie ein Warnschild hatten sich die Schmerzen über sein Gesicht gelegt. Tiefe Falten zwischen den Augenbrauen, kleine Augen und schmale trockene Lippen waren das Ergebnis. Doch er war tapfer und machte den ersten Schritt. Joe stützte ihn und gemeinsam staksten und humpelten sie hinter Ruenco her.

Zwanzig Meter weiter vorn - was einer Wegzeit von etwa zehn Minuten entsprach - knickte Ruenco um. Die heftige Bewegung, der Schritt zur Seite und sein Rudern mit den Armen trieben ihm heftige Schmerzen in die lädierte Brust und nahmen ihm den Atem. Er hatte nie über seine Verletzung gejammert und mannhaft sein Leid erduldet. Doch dieser Stoß, der ihn innerlich zu zerreißen schien, ließ ihn schreien wie ein Elch während der Brunftzeit.

„Was ist passiert?", rief Joe mit großen Augen. Der Schreck und sein Entsetzen ließen sein Herz schneller klopfen. Ruenco taumelte und tauchte kurz darauf im Gebüsch ab.

Joe ließ Engelmann los und eilte zu ihm - wobei eilen praktisch einem Rennen in Slowmotion glich. Trotz der Eile musste er genau aufpassen, wo er hintrat. Die Kakteen und die vielen stacheligen

Pflanzen würden keine Ausnahme machen und ihn problemlos lahmlegen.

„Halten Sie durch", sagte Joe, als er ihn ein paar Meter entfernt auf dem Boden liegen sah. Sitzend und nach vorne gebeugt hielt Ruenco eine Hand auf die Brust, verkrampfte und schnappte mehrmals nach Luft. Schmerzensträen verwässerten ihm die Augen.

Das Stöhnen von Engelmann entfernte sich.

Joe musste ihn ausblenden und sich zunächst auf Ruenco konzentrieren, da zuckte auch er zusammen.

Wie die Nadel einer Spritze mit ätzender Flüssigkeit, die in Joes Unterarm gerammt wurde, zerriss es sein Fleisch mit heftigem Schmerz.

Blitzschnell riss er den Kopf herum, wischte über den Arm und sah eine Schlange – knapp einen Meter lang – eilig im Unterholz davonjagen.

Ausgelöst durch enorme Panik trieb innerhalb von wenigen Sekunden Schweiß auf seine Stirn.

„Verdammt." Er atmete schwer. „Nicht das auch noch."

Er wusste, dass er nicht viel Zeit hatte, bis das Gift seine Wirkung entfalten und mit dem Blut im Körper verteilt werden würde und das Nervensystem oder Herz lahmlegte. Giftige Schlangen gab es in Südamerika jede Menge. Es war nur die Frage, welche Schlange ihn erwischt hatte und wie stark ihr Gift war.

„Mich hat eine Schlange gebissen", schrie er panisch vor.

Ohne Zeit zu vergeuden, erhob sich Ruenco, ruderte mit den Armen, hastete zu ihm, ignorierte seine eigenen Beschwerden und rief rauchig, bevor er bei Joe war: „Wie sah sie aus?"

Langsam ging ihm Joe ein paar Schritte entgegen. „Weiß nicht genau. Graubraun. Ich glaube, die hatte einen gelblichen Kopf."

„Bleiben Sie still stehen. Sie dürfen sich nicht bewegen. Atmen Sie ruhig", sagte Ruenco, stieg über eine Ranke, verharrte kurz in gekrümmter Position, schnappte nach Luft und machte einen großen Schritt über einen wunderhübsch blühenden Dornenstrauch.

Der Schweiß perlte Joe von der Stirn hinunter, als stünde er unter der Dusche. Auch der Rücken und die Brust wurden innerhalb weniger Sekunden nass und kalt. Noch konnte er sich aufrecht halten, aber die Welt entfernte sich bereits und die Sinne lieferten verzögert ihre Informationen an das Gehirn.

Flink nahm Ruenco Joes Arm und zückte das große Messer. Bevor Joe reagieren konnte, setzte Ruenco einen tiefen Schnitt quer über der Bissstelle an und zog es tief durch das Fleisch. Er drückte das Blut heraus, was ihm zwischen den Fingern entlang lief und seine Hände rot färbte.

Joe spürte den Schnitt kaum, als gehörte das

Fleisch nicht zu ihm. Das Gift hatte die Stelle bereits betäubt und die Angst, zusammen mit dem Adrenalin, die Gefühle gelähmt.

„Könnte eine Viper gewesen sein. Die sind nicht besonders nett", sagte Ruenco mit düsterer Stimme und drückte mehr Blut aus der Wunde heraus. Dann riss er Joe das Hemd auf, stach in den Stoff, zerrte daran und schnitt einen dicken Streifen ab. „Atmen Sie ruhig, Señor." Er verstaute sein Messer, wickelte den Stofffetzen um die Wunde und verknotete ihn fest.

„Wir müssen dort rüber. Dort gibt es Schatten und einen Platz zum Ausruhen." Ruenco zeigte zu einem Busch, stützte Joe, japste nach Luft, atmete schwer, nahm erneut Anlauf und sie beide schleppten sich gegenseitig voran.

Unter dem Busch, dicht neben einem dreißig Meter hohen Palo Rosa, dessen zerklüftete Rinde fast vollständig von trockenen Orchideen überwuchert war, erreichten sie endlich die Grasfläche. Steine, vertrocknetes Moos und einzelne Grashalme bildeten den Untergrund unter dem Baum.

Erschöpft und geschunden inspizierte Ruenco den Boden, suchte nach Stacheln, Schlangen, Ameisen und anderen gefährlichen Artgenossen. Dann ließ er Joe hinunter, stieß einen bedauernswürdigen Seufzer aus und atmete kräftig durch. Erschöpft setzte er sich neben ihn an den Baum.

„Zeigen Sie mir den Biss. Ich will sehen, ob die

Wunde einen Hof gebildet hat. Dann müssen wir das rausschneiden."

Joe war benommen. Die Stimme und die Geräusche hatten sich von ihm entfernt, als hätte er Watte in den Ohren oder wäre an einem sicheren Ort angekommen, weitab von den Gefahren wie im Urlaub zur Erholung, im Tonstudio oder einem abgeschirmten Keller. Die Umgebung wirkte nicht mehr greifbar, nicht real. Er spürte, wie Ruenco an seinem verletzten Arm hantierte, nahm starkes Brennen darin wahr und sah an der Sonne vorbei durch einen dicken Schweißtropfen den wundervollen Schein einer Linsenreflexion und verdrehter Bäume.

Seine Muskeln verwandelten sich in Pudding mit Vanillesoße, womit die angewinkelten Beine herunterklappten und die Arme kraftlos der Erdanziehung folgten. Wie ein nasser Lappen klebte er am Baumstamm und konzentrierte sich darauf, nicht umzukippen.

Knapp zehn Minuten später gesellte sich Engelmann zu ihnen.

„Das sieht nicht gut aus", sagte er zur Begrüßung und setzte sich zu ihnen. „Was ist geschehen?"

„Schlange", sagte Ruenco knapp.

Wie stark alkoholisiert vernahm Joe seine Anwesenheit nur vage. Er hatte nicht die Kraft, den Kopf zu drehen oder gar etwas zu sagen.

Schweiß hatte seinen Körper überzogen und wenige Augenblicke später glitt er ab in die sanfte Welt der Träume.

Bitte, lieber Gott

Der Himmel hatte sich zugezogen. In der Ferne schien ein einsamer Strahl durch die dunklen Wolken, als würde ein kleiner Abschnitt der Welt mit einer übergroßen Taschenlampe angeleuchtet werden. Dieses imposante Bild mit seinem bezaubernden Farbspiel war das erste, was Joe wahrnahm, nachdem er die Augen geöffnet hatte. Er wusste nicht, wie lange er weggetreten gewesen war, fühlte sich benommen und hatte Schwierigkeiten, sich zu konzentrieren. Dazu kamen Anzeichen von enormem Durst eines ausgetrockneten Körpers, der sich wie ein welkes Blatt anfühlte und mit der faltig gewordenen Haut auch beinahe so aussah. Seine Lippen klebten zusammen, der Gaumen war trocken und die Nieren schmerzten.

Was gäbe er für ein Glas Wasser.

Nur eins.

Bitte.

Leises Brummen in der Luft war zu hören.

Ein Flugzeug glitt über ihre Köpfe hinweg und mit ihm keimte ein zartes Pflänzchen der Hoffnung. Engelmann erhob sich, winkte entkräftet nach oben und verfolgte den schnurgeraden Flug, bis er es nicht mehr sehen konnte. Der Impuls zu schreien war stark und auch Joe wollte rufen, aber niemand brachte einen Ton hervor. Denn zu nichts anderem als hinterherzusehen und zu hoffen hatten sie Kraft.

Engelmann hatte seinen selbst gebastelten Turban abgenommen und die Schuhe ausgezogen. Er fiel wieder in sich zusammen, nahm ein Stück Wurzel vom Haufen neben sich und reichte es Joe herüber.

„Flüssigkeit", brachte er gedämpft heraus. Joe verstand ihn kaum.

Er nahm die Wurzel, die so dick wie sein kleiner Finger war, biss hinein und kaute auf dem spärlichen Brocken herum.

Die aufgezogenen Wolken hatten die heiße Luft ein wenig abgekühlt. Lauer Wind war zu spüren und das Rauschen der Blätter kam dazu.

Die Wurzel schmeckte nach Erde, war mit festen Fasern durchzogen und besaß wenig Flüssigkeit. Joe schluckte die zerkauten Stücke hinunter, kaute kräftig und spuckte die Reste aus. Die Kaubewegungen waren beschwerlich und der nächste Biss kostete Energie. Aber die zu erwartende Flüssigkeit befeuerte seine Tatkraft. Er benetzte seine Lippen mit der abgebrochenen Wurzel, leckte darüber, biss nochmals ab und kaute behäbig die bitteren Stoffe heraus, als habe er alle Zeit der

Welt. Und wie es aussah – ohne Kraft, den brennenden Schmerzen am Arm, an den Händen und dem rechten Bein und mit den zerstochenen Füßen, ausgelaugt und erschöpft –, würde er ohnehin nirgends mehr hingehen. Dieser Ort könnte sein letzter sein. Weiß Gott hätte er sich einen besseren Ort zum Sterben gewünscht. Aber was spielte die Umgebung am Ziel schon für eine Rolle? Wichtig war das, was er in seinem Leben getan hatte und ob die Zeit auf der Erde glücklich gewesen war.

Joe kaute und grübelte. Ihm fielen die Augenblicke ein, an denen er gelacht hatte, und die festlichen Momente – seinen Schulabschluss mit der anschließenden Megaparty, die Lehre, der dreijährige Geburtstag seiner Tochter, das Konzert in Luque, das Richtfest, der neue Geländewagen. Und selbst Staci gehörte zu den guten Erinnerungen, die wie ein milder Wasserfall friedvoll durch seine Gedanken trieben.

Wenn es doch nur ein wenig regnen würde. Der Durst vernebelte die Gedanken zu sehr und bereitete ihm mehr Schmerzen als all seine Verletzungen zusammen. Die Qual im Inneren, von der Niere, dem Magen und den Muskeln, war stechend, reißend und beängstigend. Eine Erfahrung, auf die er in seinem Leben gerne verzichtet hätte. Doch sie war präsent und er steckte im Nirgendwo fest, ohne realistische Aussicht, dass sich an dieser

Situation irgendetwas ändern würde.

Die schönen Erinnerungen wichen der Vorstellung und dem Wunsch nach klarem Wasser. Fragmente zuckten wie Blitze durch seinen Geist und er sah Ivey vor sich, wie sie lächelte und konzentriert spielte. Dann erinnerte er sich den Rio Paraná zu Hause, den Lagao dos Patos an der Ostküste und wieder Ivey, wie sie tanzte, sich drehte und fröhlich war. Das lenkte ihn von allem Übel ab und hüllte ihn ein. Er versuchte den Schutz zu halten, konzentrierte sich auf die schäumenden Wellen und Iveys Lied und vermochte nicht länger, die Gedanken zu bewahren.

Ein intensiver bitterer Geschmack trat in den Vordergrund, schob die Gedanken und die Schmerzen in den Pool der Ferne, als hätte er eine Aspirin genommen, die mit tauber Zunge seine Wirkung in diesem Moment entfaltet hatte.

Der leichte Wind auf den Wangen streichelte ihn sanft wie die Mutter ihr Baby. Zufrieden sah er zu den Wolken hinauf, sah die Geier ihren Tanz vollführen – es waren sieben geworden – und betete im Geiste: Bitte, lieber Gott, lass es regnen. Nur ein wenig. Ich bitte dich so sehr. Nur ein paar Tropfen Wasser.

Er krampfte. Schmerzvoll vernebelte sein Geist und vertrieb die restlichen Erinnerungen und die Hoffnung.

Die Wolken zogen schneller vorüber. Es waren

dicke schwarze Wolken, die munter unter dem grauen Dach Richtung San Joge oder Mbarigui schwebten, als hätten sie Termine. Die Taschenlampe in der Ferne war erloschen und die welken Blätter flüsterten eine wehmütige Melodie.

Niemand sagte etwas. Und auch die Natur begann zu schweigen. Zuerst verstummten die Vögel, das Summen der Insekten verschwand und dann, nachdem der Wind aufgehört hatte, seinen angenehmen Luftzug durch die Hitze zu treiben, verklangen die Zikaden.

Beklemmende Stille legte sich über den Wald.

In der Nähe knackte ein Zweig, so laut wie ein Drumstick auf der Pauke.

Joe hörte, wie sich Engelmann bewegte. Ermattet drehte er seinen Kopf und sah zu ihm. Die Mokassins standen neben ihm und er tupfte die nässenden Wunden an der Fußsohle mit dem Hemd ab, das er tagsüber als Kopfbedeckung benutzt hatte.

Wieder raschelte es im Unterholz.

Dann klackte es leise.

Plopp.

Und noch einmal weiter hinten, dann über ihnen in der Baumkrone und im Busch nebenan. Es war der Regen.

Immer mehr Tropfen knallten auf die Blätter, das Gras und das erste Wasser verirrte sich auf ihre Gesichter.

160

Joe sah nach oben. Er brauchte eine Weile, um zu begreifen, was wirklich geschah.

Innerhalb weniger Sekunden legte der Niederschlag kräftig zu und zerschnitt die Luft mit langen Fäden, die mal hier und mal da vom Himmel geschickt wurden, um den tristen Wald mit betörendem Glitter zu schmücken. In der Ferne vereinten sie sich elegant zu einem schwingenden Vorhang.

Kühle Luft legte sich über das Tal.

Joe reckte seinen Kopf weit nach oben, öffnete den Mund und nahm das Geschenk des Himmels dankbar entgegen.

Das rettende Wasser ergoss sich über die Landschaft, klopfte auf die Sträucher und Blätter und fiel auf sein Gesicht und die nackten Arme.

Es tropfte von den Blättern und verschwand im Gras. Die Erde entfachte einen schimmligen, muffigen Geruch und die Luft kühlte sich weiter ab.

Joe erwachte zum Leben.

Da er keinen einzigen Tropfen mit dem Mund auffangen konnte, rutschte er seitlich unter ein Blatt in der Größe seines Handtellers und leckte das erste Wasser von der Spitze ab. Ein weiterer Tropfen schlug auf das Blatt, verteilte sich und lief in die Hauptader zur Blattspitze vor. Gierig nahm Joe das lebensbringende Wasser auf, bekam einen dicken Tropfen auf die Stirn und zwei weitere in die Haare. Beinahe nahmen seine erwachten Sinne jeden einzelnen Tropfen um ihn herum wahr, bis sie zahlreicher wurden und sich der Regen auch über ihm kräftig ergoss. Schnell bildete sich ein kleines Rinnsal in der Blattader und er leckte wie eine Katze über die Oberseite. Schnell und langgezogen.

Doch es war zu wenig Wasser, was er aufnehmen konnte. Er nahm das nächste Blatt daneben, leckte es ab und ein weiteres und wieder das erste.

Zwischen den durchnässten Haaren bahnten sich auf seinem Kopf die ersten Bäche, liefen über die Stirn oder an den Ohren vorbei den Hals hinunter und sein Hemd saugte es auf. In Sekundenschnelle waren seine Arme triefend nass, sein Hemd war durchgeweicht und der Stoff der Hose klebte auf der Haut.

Die leere Plastiktüte, die noch immer in seiner Jeanshose steckte, fiel ihm ein. -1483453078 Damit könnte es funktionieren, dachte er sich, zog sie heraus, breitete sie über den Blättern aus, formte eine Mulde, bog das Ende leicht hinunter und setzte sich darunter.

Er brauchte nicht lange zu warten, bis sich ein kleines Rinnsal bildete, das direkt in seinen Mund lief.

Das göttliche Schauspiel dauerte nicht länger als vier Minuten, bis die dicken Tropfen kleiner wurden und sich zu feinem Sprühregen formten, der sich gleichmäßig - und soweit Joe sehen konnte - über die Welt ergoss.

Hinter dem Baum stand Ruenco mit nacktem Oberkörper, der sein Shirt in den Mund auswrang, und Engelmann daneben, der wie eine behäbige Hummel von Blatt zu Blatt schwirrte und den Regen ableckte.

Jeder war auf seine Art damit beschäftigt, an Wasser zu kommen und so viel wie möglich davon aufzufangen.

An diesem Tag kam die Sonne nicht zurück.

Stunden später übergaben die finsteren Wolken den Tag der Nacht und der Dunkelheit. Der Regen schwächte sich ab, aber blieb bestehen.

Unter dem Busch hatte Joe einen Platz gefunden, an dem er die Nacht verbringen wollte. Engelmann war zu ihm gerutscht und benutzte sein zweites Hemd als Unterlage.

Ruenco war außer Sichtweite.

Zwischen den Steinen war der Boden feucht, schmierig und kalt. Die Nässe hatte die Männer gefangen genommen. Nach der Kleidung und der Unterwäsche weichten langsam die Schuhe auf.

Engelmann betrachtete die zerlöcherten Sohlen seiner Mokassins und steckte einen Zeigefinger hindurch. Hier war ein größeres Stück der Sohle herausgebrochen. Das Loch kaschierte er mit dem Verschieben der Einlegesohle und stellte den Schuh wieder neben sich ab.

Joe hatte mit seinen Cowboystiefeln mehr Glück gehabt, auch wenn sich durch das feste Leder bereits mehrere Dornen geschoben hatten. Auf der Ranch seines Dads waren sie zur Routine geworden, seit ihn vor Jahren nur wenige Meter vom Haus entfernt eine Schlange in den Fuß gebissen hatte. Während der Arbeit in der Hauptstadt oder zuhause in Encarnación trug er dagegen - alleine wegen der Hitze - leichtes Schuhwerk.

Das tröpfchenweise Trinken blieb über die nächsten Stunden ihre wesentliche Beschäftigung und wortlos verstrich die Zeit.

Als es schon fast vollständig dunkel war, sagte Engelmann: „Es gibt riskante Ecken auf der Welt."

Joe lehnte sich zurück und brummte zustimmend.

„Wieso haben Sie sich für dieses Land entschieden, Mister?", wollte Engelmann wissen.

„Ach, wissen Sie …", begann Joe und musste kurz nachdenken. „Gefahren gibt es überall. Für gewöhnlich habe ich nichts in der Wildnis zu suchen."

„Aber Sie hätten genauso gut nach Deutschland zurückgehen können. Dort wäre so etwas nicht passiert", bohrte Engelmann nach.

„Nun, auch wenn ich in Deutschland wohnen würde, könnte niemand sagen, was auf einer Reise geschieht. Aber zu Ihrer Frage. Zunächst haben meine Eltern das Land ausgesucht. Ich war als junger Bub ein paar Mal hier und habe gemerkt, dass Paraguay ein wundervolles Land ist."

Engelmann strich sich über die Fußsohle und massierte seinen Fuß seitlich. Beide Füße waren mit Wunden und eingetrocknetem Blut überzogen.

„Aber die vielen giftigen Tiere, massig stechende Insekten, Tausendfüßler, so lang wie mein Unterarm, Leoparden und Skorpione. Dazu diese Pflanzen. So etwas gibt es in Deutschland nicht." Mit der flachen Hand zeigte er wahllos in das Dickicht. „Gibt es hier überhaupt normale Pflanzen, die einen nicht umbringen wollen?"

Trotz der prekären Lage musste Joe schmunzeln. „Glauben Sie mir, niemand sucht sich ein Land zum Leben wegen der giftigen Schlangen oder der gefährlichen Pflanzen aus. Das hat immer andere Gründe." Es hatte sich wieder eine Hand voll Wasser in seiner Tüte angesammelt, die er vorne herunterzog und behutsam trank. Dann baute er wieder einen Wall und drehte sich zu Engelmann. „Bei mir zuhause habe ich noch nie einen Puma oder so einen Tausendfüßler gesehen. Wie gesagt, in solchen Regionen war noch nie ein Mensch und niemand würde freiwillig hier sein wollen. Ich ganz bestimmt auch nicht. Und dann gibt es unendlich viele schöne Seiten."

„Hm", sagte Engelmann. „Von der Welt habe ich wirklich schon viel gesehen, Geschäfte gemacht und investiert. Ich habe immer geglaubt, die Welt

165

kaufen zu können." Er zerrte sein nasses Shirt an der Schulter hoch, das an seiner Haut klebte. „Na, Sie wissen schon. Für so etwas hatte ich meine Leute. Jetzt habe ich das erste Mal ernsthaft darüber nachgedacht, was ich hier überhaupt mache. Ich brauche das alles nicht. Was ist der Besitz, das Land und all das Geld wert? Es wäre besser, wenn ich zuhause bei meiner Familie sein könnte." Trübsinnig sah er zu Boden und redete weiter: „Dabei hat meine Frau nicht die leiseste Ahnung, wo ich stecke. Was ist, wenn wir nicht rauskommen? Was ist, wenn uns niemand findet?"

„Gott hat uns Wasser geschickt. Wir sind nicht am Ende", sagte Joe, zweifelte aber mehr an seinen Worten, als er es wahrhaben wollte.

„Haben Sie das Flugzeug heute Mittag gesehen?" Engelmann klang eine Spur aufgeregt.

Joe blickte ihn ernst an. „Klar, jeder hat das."

„Ob die nach uns gesucht haben?"

„Wahrscheinlich." Joe wischte einen schwarzen Käfer von seinem Nacken. „Was werden Sie machen, wenn wir heil rauskommen?"

„Glauben Sie daran? Sie glauben, dass es eine realistische Chance gibt, diesem Albtraum zu entkommen?" Zynismus und eine gehörige Portion Verzweiflung lagen in Engelmanns Stimme.

„Ja, natürlich. Ist es nicht das Einzige, was uns antreibt und weitermachen lässt? Also sagen Sie schon, was haben Sie dann vor?"

166

Engelmann presste ein kurzes Lachen hervor. „Für den Fall werde ich ganz bestimmt nie wieder einen Fuß auf dieses Land setzen. Ich werde nach Deutschland fliegen, meine Frau in die Arme nehmen und sie um Verzeihung bitten." Er schniefte und seine Worte wurden undeutlich. „Ich werde meine Tage bewusster leben, genießen, was ich habe, und ..." Die Stimme verschwamm. Er legte seine Hände über das Gesicht und schluchzte zaghaft.

„Es wäre so schön", flennte Engelmann. „Ich wünsche es mir so sehr."

Feiner Sprühregen duschte ihre Körper und dicke Tropfen fielen von den Blättern und Zweigen des Busches auf sie herab. Ein leises Stöhnen von weiter hinten, beim Baum auf der anderen Seite, untermalte das Rauschen der gleichmäßigen Tropfen in der Finsternis.

Kälte und Dunkelheit

Die Situation machte es fast unmöglich zu schlafen. Durst, Schmerzen, Feuchtigkeit und Angst ließen Ruenco, Engelmann und Joe mit offenen Augen in die schwarze Nacht starren. Pausenlos summten Insekten oder krabbelten auf ihrer Haut herum, bissen und stachen sie in den Nacken, in die Arme, Beine und jede freie Stelle am Körper. Nebulöse Geräusche brachen das gleichmäßige Rauschen des Regens auf. An das Knacken von Ästen und einem plötzlichen Schrei in unmittelbarer Nähe konnte sich niemand gewöhnen und schon gar nicht dabei gelassen bleiben. Keiner der Töne weckte Vertraulichkeiten in der Finsternis.

Seit Stunden blickte Joe in den Himmel, wo es das letzte schwache Licht gab. Außer den Sternen in den Wolkenlücken und den blassen Schatten der Baumkronen konnte er nichts erkennen. Es hieß ja immer, die Augen gewöhnen sich mit der Zeit an die Dunkelheit, aber wo kein Licht war, da gab es auch nichts zu sehen. Und eine Katze war er nun mal nicht.

Ihm blieb nichts weiter übrig, als abzuwarten.

Auf das, was die Nacht bringen würde, den Schlaf und den nächsten Morgen.

Die Feuchtigkeit und der anhaltende Nieselregen brachten Kälte über seinen Körper. Joe fröstelte und die nasse Kleidung war ungemütlich. Sie wärmte nicht mehr und ein schauriger Frost strich ihm über den Rücken und stellte die Armhaare auf, lief von oben durch seinen Körper hindurch und verließ ihn an den Füßen wieder. Danach war ihm kalt, als hätte dieser Schauer die Körperwärme mitgerissen. Er strich sich über beide Oberarme, rubbelte ein paar Mal und gab schnell auf. Das Hemd klebte auf der Haut und die Reibung erzeugte keine Wärme.

Wieder sah Joe zu den schwarzen Wolken auf. Nun, er konnte zwar keine Wolken erkennen - dazu war es zu dunkel – aber er erkannte eine Bewegung am Himmel. Der Regen lief über sein Gesicht, er öffnete den Mund und fing ein paar Tropfen ein. Aber mehr als etwas Feuchtigkeit brachte diese Methode freilich nicht. Da er nichts Besseres zu tun hatte, trieb er dieses Spiel eine Zeit lang, bis sich sein Unterkiefer mit Verspannung darüber empörte.

Die Entkräftung und das Nichtstun schläferten ihn schließlich ein. Er hatte keine Ahnung, wie spät es inzwischen war, schlug sich ein Insekt aus dem Gesicht, schloss die Augen und rollte sich unterhalb des Stammes zusammen.

Die Erde war aufgeweicht, die Steine feucht, die Hände mit Schlamm umhüllt und der kühle Regen nahm kein Ende.

Mehrmals riss ihn die Kälte in dieser Nacht aus dem Schlaf. Dann rollte er sich wie ein Embryo zusammen und zitterte, bis ihn die Träume zurückgeholt hatten. Sein Genick war steif und er fühlte die Nässe als Reißen und Ziehen in den Knochen. Wieder und wieder wälzte er sich in dieser Nacht herum, träumte schlecht und verscheuchte Insekten, um wieder eine halbe Stunde Schlaf zu erhaschen.

Im Gegensatz zu Deutschland gibt es in den subtropischen und tropischen Ländern der Erde eine ungleich höhere Anzahl an fiesen Insekten, giftigen Schlangen und Raubtieren. Viele Gifte sind tückisch, höchst aggressiv, manche gar tödlich.

Die Lebewesen haben sich an die Hitze und die Trockenheit angepasst, verkriechen sich tagsüber, leben unter Stämmen, Rinden und Steinen und in der Erde. Sie entwickeln sich parallel zur Wetterlage, werden bei Kälte oder Trockenheit inaktiv und entfalten sich explosionsartig in der warmen Regenzeit.

In der Dämmerung und der Nacht beginnt ihr Wirken. Mücken und Zecken verbreiten Dengue-Fieber, Zika-Viren, Gelbfieber und andere schwere

Krankheiten. Neben den Mücken übertragen ein paar der über eintausend Arten der Diplopoden, also Tausendfüßler und Spinnentiere, das Chikungunya-Virus. Die Gefahren lauern überall.

Zum Glück sind die großen Exemplare der Tausendfüßler längst ausgestorben. Denn diese Jäger haben damals – vor sehr langer Zeit – selbst vor größeren Säugetieren nicht Halt gemacht. Heute sind die gängigen Arten zwischen fünf und dreißig Zentimeter lang und fressen keine lebenden Menschen mehr.

Nicht zu vergessen sind die schier unendlich vielen Arten der Ameisen. Sie scheinen überall zu sein und können schnell ein schönes Picknick oder die Pause im Chaco vermiesen.

Seit meiner Kindheit lebe ich in Paraguay und mein Dad und ich kennen es nicht anders. Doch haben wir nie im Wald oder der Wildnis übernachtet, sondern in Häusern mit Türen und Fliegengaze, haben Insektensprays und Mittelchen, um die Plagegeister bestmöglich fernzuhalten. Für den Notfall haben wir einen gut gefüllten Medizinschrank.

Dort draußen hatte mein Dad nichts von alledem. Er und seine Mitstreiter waren der Natur und dem Treiben der Plagegeister schutzlos ausgeliefert. Ich will mir das gar nicht ausmalen, was er im Chaco durchmachen musste. Denn hier gilt das Gesetz des Stärkeren. Und das galt nicht nur für

Raubtiere, sondern genauso gut für eine Übermacht an unzählig vielen winzigen Störenfrieden.

Starke Kopfschmerzen rissen Joe aus dem
Schlaf. Der Regen hatte aufgehört und sein Körper
war kalt geworden, auch wenn die Lufttemperatur
vermutliche knappe zwanzig Grad aufwies. Der
Regen hatte aufgehört und das Licht der Sonne
lugte vorsichtig hinter dem Horizont hervor.

In der Nähe gluckste laut ein Vogel mit seinem
kurzen Tick, Tick, Tock und eine einsame Zikade
übte sich in ihrem nervigen Lied.

Joe stützte sich im Matsch ab, zog sich zurück
und lehnte sich schlapp an den Stamm. Engelmann
schien noch zu schlafen, Ruenco sah er nicht.

Sein feuchtes Hemd klebte auf der Haut. Er
wollte es ausziehen, die Feuchtigkeit in sich aufnehmen und es zum Trocknen aufhängen, solange
er sich mit nacktem Oberkörper der Sonne aus-
setzen konnte. Doch sein Wille vermochte nicht
den Körper zu bewegen. Nicht jetzt.

Joe schob das Vorhaben auf und sah der auf-
gehenden Sonne zu.

Auf diese Weise saß er unbeweglich und starrte
durch die Zweige in den jungen Morgen und den
erwachenden, wolkenlosen Himmel. Die Geier
waren verschwunden. Ob sie gerade ein Schläf-
chen machten, um später nach dem Rechten zu
sehen? Diese elenden Kreaturen. Gewiss warteten

sie auf seinen Tod und ihre Mahlzeit, banden sich die Sabberlätzchen um und holten vorsorglich die Salz- und Pfefferstreuer. Joe sah das Bild vor seinem geistigen Auge und wie sie um ihn herumsaßen und mit Messer und Gabel auf den Boden stampften, bis er und seine Freunde endlich das Zeitliche segneten.

Sein Arm juckte und er strich darüber. Zwei weitere Zecken hatten sich in die Haut gebissen. Inzwischen zählte Joe sie nicht mehr. Die Blutsauger saßen fast überall und er besaß nicht die Kraft, etwas dagegen zu unternehmen. Gerade war es ihm gar einerlei, sofern er nur hier sitzen konnte und von nichts und niemandem gestört wurde.

„Vamos!", rief Ruenco. Anscheinend hatte er genug Kraft gesammelt, um aufzustehen. Er taumelte über die feuchten Gräser und das Gestrüpp und rüttelte Engelmann. „Weiter."

Dann sah er Joe an, nickte aufmunternd und zeigte zu ihrem nächsten Ziel.

„Durst", krächzte Joe. Der Regen hatte ihm zwar Kraft gegeben, aber längst nicht die Sehnsucht nach Wasser genommen.

Brummend wiegelte Ruenco seinen Einwand ab. Ihm erging es letztlich nicht anders. Aber irgendetwas verlieh ihm die Fähigkeit, den Willen und die Kraft weiterzumachen. Mehr als Joe imstande dazu war, dessen Muskeln sich einfach nicht bewegen wollten, brachte Ruenco die Energie auf, zu stehen und zu laufen. Er tapste zu Engelmann.

Joe sah ihm zu, wollte mitkommen, aber sein Körper hatte anderes im Sinn. Der wollte sich ausruhen.

Ruenco zog Engelmann hoch, kam zu Joe und reichte ihm die Hand. Matt griff er danach und ließ sich hochziehen.

Seine Beine funktionierten besser als befürchtet und hielten ihn aufrecht. Ein paar Schritte konnte er wagen und stehend sah die Welt ein wenig freundlicher aus.

Träge holte er sich die Tüte von den Blättern und schob sie in die Hosentasche. Der Stoff war feuchtwarm, fast nass und unangenehm auf der Haut.

Auch Engelmann stand unsicher auf den Beinen. Er nahm ein Stück Kaktus von Ruenco und saugte daran. Das nächste Stück bekam Joe.

Als Frühstück mussten die wenigen Tropfen Flüssigkeit genügen. Ruenco zeigte wieder zum nächsten Baum und deutete an, dass Joe vorausgehen solle. Die fehlende Kraft verweigerte ihnen das Sprechen und sie zogen schweigend und humpelnd weiter.

Joe hatte die wenigsten Probleme mit den Füßen und so bahnte er ihnen einen Weg durch das Gestrüpp. Aber die Probleme fingen bei ihm bereits nach wenigen Schritten an. Er zuckte, als ein Stachel seine Sohlen durchbohrte, und beim nächsten Schritt stöhnte er leise. Die Feuchtigkeit hatte die Ledersohlen über Nacht aufgeweicht. So waren die festen Schuhe nicht viel mehr Wert als die Mokassins von Engelmann und Ruenco. Jeder Schritt wurde zur Tortur. Mühelos bohrten sich die Stacheln durch die Sohlen, zeigten ihre boshafte Präsenz und Übermacht und sorgten für schmerzhafte Stiche und üble Wunden.

Ruenco kämpfte mit den Verletzungen in seiner Brust. Seit dem Absturz waren sie übermächtig geworden und nur zu ertragen, wenn er absolut reglos lag. Dennoch brachte er den Willen auf weiterzumachen und trieb die Truppe immer weiter voran. Inzwischen musste er des Öfteren stehenbleiben, um zu verschnaufen.

Wortlos quälte sich Engelmann durch den Trockenwald. Er agierte wie von selbst, ohne konzentriertes Zutun, musste sich nur aufrechthalten und die brennenden Füße ignorieren. Längst hatte er die Orientierung verloren, die Hoffnung und sich selbst. Die Zeit war ihm davongelaufen, aber etwas in ihm trieb ihn weiter voran.

Munter stieg die Sonne höher und wärmte ihre durchgefrorenen Körper. Außer ein paar Stellen an den Hosen war bis zum nächsten Baum ihre Kleidung fast getrocknet und konnte den Schweiß wieder aufnehmen.

Unter den trockenen Zweigen konnten sie sich nur eine kurze Pause erlauben. Den Stamm hatten

Tausende Ameisen in Beschlag genommen, die emsig auf und ab krabbelten. Der Boden bewegte sich, abgeschnittene Blätter wanderten durch das Gras und verschwanden im Unterholz zwischen dicken Dornen und stachligen Ranken. Notgedrungen liefen sie nach wenigen Minuten Unterbrechung weiter.

Das GPS gab die Richtung für einen Baum in etwa vierzig Metern Entfernung vor.

Schwerfällig bewegten sich ihre Beine. Ohne nachzudenken oder zu klagen, erreichten die drei nach fast einer Stunde den nächsten Punkt. Bis dahin hatte niemand etwas gesagt. Auch wenn sie ausgelaugt waren und die Lebensenergie ausgezehrt, gingen sie tapfer weiter, als würde sie eine unsichtbare Kraft an den Haaren durch den Wald ziehen.

Niemand konnte wissen, ob es heute oder morgen wieder regnen würde. Jedenfalls sah der Himmel nicht danach aus. Aber das Wetter im Chaco konnte sich rasend schnell ändern. Nur war es genauso im Bereich des Möglichen, dass wochenlang oder über Monate kein einziger Tropfen vom Himmel fiel.

Sie mussten die Gunst der Stunde für ihre Wanderschaft nutzen, mit den aufgeladenen Reserven aus der Nacht und der verhältnismäßig kühlen Temperatur.

Am dritten Baum angekommen, ging nichts

mehr. Erschöpft ließen sie sich nacheinander fallen und blieben liegen, wie sie saßen oder lagen.

Die Luftfeuchtigkeit lag bei etwa neunzig Prozent und bildete aus der Luft eine gigantische Sauna.

Die Pause versetzte Joe unmittelbar in einen Halbschlaf, in dem wirre Bilder durch seinen Verstand trieben, mit Blitzen und bunten Farben. Das Gehirn vermischte die Erinnerungen und quirlte Eindrücke, Fakten und Wünsche durcheinander, als würde ein Tornado hindurchziehen, der all das, was ihm etwas bedeutete und was ihn ausmachte, auseinandernahm. Einzelne Buchstaben und Zahlen drehten sich im Sturm, Finsternis durchlöcherte die Farben, Gesichter verzerrten sich, Worte wurden unklar und Töne grotesk.

Wie in einem Fiebertraum, bei dem die bewegten Bilder intensiver als üblich waren, misshandelte ihn seine eigene Vorstellung.

Dann schreckte Joe auf, womit sich sein Verstand dumpf und träge zurückmeldete.

Reglos lehnte Engelmann an seiner Schulter. Die Arme hingen ihm herab und eine Hand war halb verdreht. Die Entkräftung hatte Gestalt angenommen.

Ruenco war verschwunden.

„Wo ...?", fragte Joe mit schwacher Stimme, aufgeplatzten und wunden Lippen. Er brachte kein weiteres Wort mehr heraus.

Behäbig öffnete Engelmann die Augen, sah zu ihm, dann in die unmittelbare Gegend. Er zuckte knapp mit den Schultern und schloss die Augen wieder. Anscheinend hatte er verstanden, dass Joe nach Ruenco gesucht hatte. Aber das war nur eine Vermutung.

Joe legte den Kopf an seinem ab und beide dösten und versuchten die Schmerzen zu verdrängen. War Ruenco ohne sie weitergelaufen? „Er ...“ Joe brauchte einen Moment, um das nächste Wort zu formen: „... ist weiter ...“ Er holte tief Luft. „... gelaufen.“

Engelmann öffnete seine Lider einen winzigen Spalt, hatte Mühe, die zusammengeklebten Lippen zu öffnen, und sagte: „Egal.“ Nach einer Weile fügte er hinzu: „Kann nicht mehr.“

„Müssen zusammenbleiben,“ quälte sich Joe hervor und Engelmann schüttelte wenige Millimeter den Kopf.

Joe setzte sich aufrecht und rüttelte Engelmann an der Schulter. „Los!“

Eine Weile sahen sie sich gegenseitig an. Dann hatte Engelmann einen Geistesblitz und er presste hervor: „GPS. Der Hurensohn ...“ Er hustete. „... hat das GPS.“ Dieser Gedanke mobilisierte ihn. Er drehte sich, suchte Halt auf dem Boden und stemmte sich ab. Zitternd zog er sich am Stamm hoch, lehnte sich an und sah suchend nach Ruenco. Er half Joe aufzustehen und torkelte um den Baum herum.

Dort, wo Ruenco gelegen hatte, war das Gras heruntergedrückt. Ihre gegenseitigen Blicke genügten, um gemeinsam in diese Richtung zum folgenden Etappenziel zu gehen.

Nach wenigen Metern schrie Engelmann auf.

Joe drehte sich um und sah noch die Schlange, die ins Gebüsch davonsprang.

Besorgt sah ihn Joe an. Der schüttelte den Kopf. „Bin draufgetreten. Ist nichts passiert."

Bis der Tag zu Ende war

Am Sonntag, dem dritten Tag nach dem Absturz, erschienen die ersten Meldungen in den Zeitungen. Die aktuelle Rundschau, Diario Crónica, Noticias, Popular, abc Color, Ultima Hora und weitere Blätter des Landes berichteten teilweise ausführlich über den Absturz.

In einem Bericht hieß es:

„Deutscher Geschäftsmann verschwunden.

Nach dem Absturz einer Bonanza BE-36 Matricula ZP-TSJ suchen Rettungskräfte nach einem Paraguayer und zwei Gringos. Die Suche erstreckt sich auf das Gebiet zwischen Pablo Lagerenza und La Perdicion. Die Maschine, die am 12. Februar in Luque gestartet ist, hat ihren Zielort nicht erreicht. Da weder eine Verbindung zum Piloten oder seinen Begleitern hergestellt werden konnte, noch eine positive Ortung der Maschine vorliegt, gehen die Behörden davon aus, dass es sich um einen Absturz handeln muss. Ob es Überlebende gibt, steht zu diesem Zeitpunkt nicht fest. Suchkräfte und ein Helikopter durchkämmen das unwegsame Gebiet des Nationalparks Defensores del Chaco.

Es kann nicht ausgeschlossen werden, dass die Maschine in die Hände eines Drogenkartells geraten ist."

An diesem Tag wurde Grandpa aus Deutschland von einer großen Tageszeitung kontaktiert. Auch sie wollten einen Bericht in der Montagsausgabe bringen und wissen, was mit den Kadavern von Joe und Engelmann passieren sollte, falls sie gefunden werden würden. Die Zeitung erklärte sich bereit, die Überführungskosten zu übernehmen und die Bestattung zu organisieren. Für eine exklusive Berichterstattung – versteht sich.

Plötzlich verwandelte sich die Tatsache in eine unausweichliche Lawine aus Verderben und Trübsal, die geradewegs dabei war, mich zu überrollen. Ab diesem Zeitpunkt konnte ich die Fakten nicht mehr ignorieren. Wie an die Wand gesprayt, stand fest, dass Daddy auch an diesem Tag nicht auftauchen würde. Und wie es aussah, nie wieder.

Heute würde ich vermutlich anders auf so eine Meldung reagieren. Vernünftiger, gefasster, vielleicht ruhiger und ich hätte mir von den Schlagzeilen nicht den Mut und die Hoffnung nehmen lassen. Ich weiß es nicht. Aber wenn du einem sechsjährigen Mädchen erzählst, dass seinem Daddy etwas Schlimmes passiert ist und sie seine Beerdigung planen, dann zerbröselt ihre eigene kleine Welt und alles, woran es bisher geglaubt hat.

Zuerst habe ich geschrien, dann geweint und nach einer Weile überhaupt nichts mehr gesagt. Ein Zustand, der die nächsten Stunden und den folgenden Tag überdauerte.

Wenn nicht ein einzigartiges Ereignis die Schwermut zerstreut hätte, wäre mein Schweigen womöglich Wochen oder Monate geblieben.

Ungefähr gegen Mittag – sie hatten kein Zeitgefühl mehr - fanden Joe und Engelmann am nächsten Baum den verlorengegangenen Piloten wieder. Schweigend legte sich Joe zu ihm in das Gras. Es spielte keine Rolle, was er getan hatte und ob er hier war oder nicht.

Joe hatte weder die Kraft, sich über sein Verhalten aufzuregen, noch hatten seine Gedanken überhaupt die Lust dazu. Sein Körper lief auf Sparflamme und verwendete die übrig gebliebene Energie für die eigene Lebenserhaltung und lediglich die schlimmsten Meldungen seiner Verletzungen, also die unzähligen Schmerzen.

Die einzige Handlungsmöglichkeit war derzeit, sich auszuruhen. Keinen Meter hätte Joe noch geschafft. Er war am Ende seiner Kräfte. Und wenn Ruenco jetzt aufgesprungen und davongelaufen wäre, dann hätte er ihn nicht aufhalten können und wäre ab sofort auf sich allein gestellt gewesen.

Engelmann hatte es nicht mal bis zum Baumstamm geschafft. Vier Meter davor lag er auf den Boden.

Joe sah ihn und hoffte, dass er noch das kurze Stück weiterkommen konnte. Nur ein paar Meter und aus der prallen Sonne heraus. Aber er bewegte sich kein Stück.

Joe konnte ihm nicht helfen. Seine Gedanken trieben davon und er hatte es schwer, sich zu konzentrieren, und war zu nichts weiter fähig, als zu liegen. Die Schmerzen übernahmen seine Gedanken und trugen ihn in das Reich des Martyriums, wobei die Nieren die Anführer der Qualen waren.

Heute hatten sie keine große Strecke bewältigt, obwohl sie ständig in Bewegung gewesen waren, gekämpft und tapfer durchgehalten hatten. Irgendwie schien es heißer geworden zu sein, das Dickicht dichter und die Luft schwüler als zuvor.

Ein Ast peinigte Joe unter seinen Rippen. Er ließ ihn gewähren und die Schmerzen wurden heftiger. Da zog er ihn hervor und strich über den harten Boden. Die Feuchtigkeit hatte die heißen Sonnenstrahlen in den letzten Stunden vernichtet. Genau wie er selbst durstete die Erde. Er riss etwas Gras aus, grub mit einem Finger im Boden, erwischte ein paar dürre Wurzeln und warf sie beiseite. Darunter war die Erde lockerer. Mit bloßen Fingern trieb er eine Furche hinein, wühlte sich tiefer

und fand eine erste pralle Wurzel, die er heraus-
zog, abriss und vom Sand und einigen Steinchen
befreite. Vorsichtig biss er hinein und kaute darauf
herum. Viel Feuchtigkeit besaß die Wurzel nicht
und er brauchte mehr. Das nächste Stück landete
in seinem Mund.

Der bittere, erdige Geschmack erinnerte ihn an
kalten Rauch oder eine ausgedrückte Zigarette.
Aber sie gab seinem Gaumen ein leichtes Wohlgefühl, wie im Swimmingpool in Encarnatión, wo
das Wasser spiegelglatt und klar wie der junge
Morgen vor ihm lag.

Seine taub gewordene Zunge erwachte zum
Leben und die Kaumuskeln durchfuhr ein
angenehmer Blitz mit Zucken und Wohlwollen.

Die trockenen Fasern spuckte er aus und ver-
grub abermals seine Finger in die Erde, kratzte und
schob auf der Suche nach weiteren Wurzeln
Schicht für Schicht beiseite. Ein kleines Steinchen
diente ihm als Werkzeug und er riss die nächste
Graswurzel aus. Die Suche in der roten Erde war
überaus beschwerlich. Aber die Arbeit hatte sich
gelohnt. In knapp zehn Zentimetern Tiefe fand er
eine brauchbare Wurzel, von der er ein Stück aus
dem Boden reißen konnte.

Abermals kaute er auf den trockenen Fasern
herum, schob sie im Mund umher und spuckte die
Reste aus. Jeder Bissen brachte wenige Tropfen
Flüssigkeit und er wusste nicht einmal, ob die

Wurzeln Giftstoffe enthielten.

Verausgabt lehnte sich Joe zurück, sah seine rotbraunen Fingerkuppen und die feine Erde unter den Nägeln an. Sein Handrücken war von Mücken zerstochen. Rote Flecken mit wulstigen Punkten und gelbem Kern bedeckten den Unterarm bis hoch zum umgeschlagenen Hemdsärmel. Auch der andere Arm sah nicht besser aus. Die Stellen juckten schon den ganzen Tag. Nur kratzen wollte er sich nicht. Das war zu anstrengend und würde ohnehin nichts verbessern.

Unter dem Verband lief eine gelbliche Flüssigkeit hervor und Joe hob ihn an und schob ihn etwas zur Seite. Die Wunde hatte sich entzündet und eiterte in einem breiten gelben Brei. Er bedeckte die Stelle wieder und hob den Kopf.

Das Gras, die Blätter und Bäume bewegten sich nicht, als hätte die Welt den Atem angehalten oder wäre zu einem trostlosen Gemälde mit verblassten Farbnuancen eingeschlafen. Auch gab es keine Wolken, die vorüberziehen wollten, keinen Vogel und nichts, was auf irgendeine Weise lebendig wirkte.

Kilometerweit stand widerstandsfähiges Gras um ihn herum, das die längste Dürre überlebt hatte, und jede Menge dornenbesetzte Hecken sowie einzeln stehende Bäume, die der Wind über die Zeit gebeugt und geformt hatte.

Die Wildnis bewahrte jene Geheimnisse mit

ihren eigenen Gesetzen, die in sie hineingetragen wurden. Hier herrschte die Natur. Nachvollziehbar und schlicht. Und deutlich dominanter als die der Menschen, die zuweilen glaubten, sich darüber stellen zu können. Wie bedauernswert für all jene, die es je versucht hatten.

Der Kern des Lebens lag im weitläufigen Chaco - sowie auf jedem anderen Fleckchen Erde -, der unberührt gewachsen war, wie ein offenes Buch und unverdorben vor Joe.

In Würde und alternativlos.

Es war der Augenblick, in dem Joe das uralte Gesetz erkannte, als würde er auf eine Leuchtreklame starren und der weite Himmel wäre die Leinwand dazu.

Hier gehörte er nicht hin. Der Technik entrissen, ohne Flugzeug, Handyempfang und ohne schwere Maschinen, mit denen er mühelos entkommen könnte, lag er kraftlos inmitten der Natur, im zivilisatorischen Nichts.

Jetzt war er so weit, sich dem Lauf des Lebens zu beugen.

Langsam hob er seine Augen, blickte ins eintönige Himmelsblau und dachte: Lieber Gott, du kannst mich holen. Das ist in Ordnung. Ich bin ganz leicht. Nimm mich mit. Ich bin bereit.

Dann schloss er seine Augen und fiel in seichte Trance.

Er spürte die Schmerzen weit entfernt, als

würden sie im Untergrund abtauchen. Kein Jucken der Stiche und keine Wunden. Nicht die aufgerissene Handfläche, nicht die Schnitte in der Wade, den Schlangenbiss oder die Stacheln in der Fußsohle und an den Armen. Der Durst verschwand, die Niere war taub geworden und seine Seele rebellierte nicht länger. Die Lage war unbeeinflussbar und das ging völlig in Ordnung. Dies war für Joe ein würdiger Abschluss auf der Welt.

„Ich bin ganz leicht", wiederholte er nahezu stumm und seine Lippen bewegten sich dazu. Er sah hinauf.

So lag er da und die Zeit verstrich.

Über dem Chaco breitete sich die Dunkelheit aus, ohne dass sich einer der drei bewegt hätte.

Mit der Nacht kamen die Insekten, laute Schreie, schreckliche Geräusche und ein komatöser Schlaf. Die Geier wachten dazu.

Letzte Begegnung

In völliger Dunkelheit wachte Joe auf. Ihn hatte etwas am Arm berührt.

Flügelschlagen neben seinem Ohr, ein kurzer piepender Schrei folgte, dann raschelten die Äste über ihm und es wurde wieder still.

Eine Weile starrte Joe in die Dunkelheit, bewegte seinen taub gewordenen Arm, spannte die Hand zur Faust und öffnete und schloss sie mehrmals.

In dieser Nacht dachte er viel nach und daran, dass es Augenblicke im Leben gab, in denen eine Rose wichtiger war als ein Stück Brot. Zu gerne hätte er Staci noch einmal gesehen, bevor er diese Welt verlassen musste.

Iveys Melodie drängte sich in seinen Verstand. Erst kamen einzelne Noten, dann fügte sich der Text dazu.

Ich war naiv zu glauben, dass Sie am Ende dieser Geschichte da sein würde.

Du in deiner Welt.

Ich falle in die Leere und werde dir nicht folgen können.

Ich kann nicht mehr für dich leben und habe mich selbst verloren.

Yo que ingenuo fui
Al creer que al final de esta historia estarías hay
Tú en tu mundo tu
Vas cayendo sin frenos al vació y no te podre seguir.

In dieser Nacht weinte Joe lange und schlief mit feuchten Wangen Stunden später ein.

Der Morgen war kühl. Zumindest trug die feuchte Kleidung die Kälte in seine Knochen. Rhythmisch stechende Schmerzen breiteten sich von der Niere aus. Joe öffnete die verklebten Augen. Die Lippen fühlten sich wie versteinert an und er schmeckte Erde und Holz. Seinen Armen und Beinen widerstrebte jegliche Bewegung, als wollten sie schlafen.

Es roch nach feuchter Wiese und faulendem Laub.

Die Sonne war bereits aufgegangen und präsentierte einen neuen Tag ohne Wolken oder Windhauch. Es würde heiß werden.

Ohne den Kopf zu drehen, schielte Joe zu Engelmann hinüber, der auffallend schwerfällig, aber hochkonzentriert und mit bloßen Händen in der Erde nach Wurzeln grub.

Joe musste pinkeln.

Dieser Umstand duldete keinen Aufschub. Also erhob er sich, brauchte eine Pause, um sich aufzurichten, und stützte sich am Stamm ab. Erschöpft atmete er tief durch. Jede Bewegung quälte ihn. Ihm war schwindlig und er musste sich anlehnen. Mit der Schulter am Stamm öffnete er seine Hose.

Mit jedem Tropfen Flüssigkeit verlierst du ein Stück vom Leben, fielen ihm Ruencos Worte ein. Und noch bevor er der Natur freien Lauf ließ, griff er nach der Tüte und pullerte dort hinein.

Ohne lange über die Tatsache nachzudenken, trank er seinen Urin. Außergewöhnliche Umstände verlangten nach ausgefallenen Maßnahmen.

Der neutrale Geschmack war belanglos. Das hatte er so nicht erwartet. Aber genaugenommen spielte das keine Rolle. In dieser Situation hätte er alles ungefragt getrunken, was er finden konnte. Er leerte die Tüte und der Durst blieb ungebrochen bestehen. Genauso gut hätte er nichts trinken brauchen. Der Urin löschte nicht ansatzweise das brennende Gefühl im Magen und der Kehle. Aber vielleicht half es ihm über den Tag.

Die Tüte landete wieder in seiner Jeanshose. Joe sah sich um. Engelmann grub noch in der Erde und Ruenco war wieder einmal nicht in Sichtweite.

In diesem Moment entdeckte er in der Ferne, hinter den Büschen mit den kleinen dunkelgrünen Blättern und etwa fünfzig Meter entfernt, etwas Unfassbares. Dort stand ein hoher Kühlschrank mit geöffneter Tür. Das Licht im Inneren war eingeschaltet und er war von oben bis unten randvoll mit perlenden Wasserflaschen gefüllt.

War das real?

Joe schloss und öffnete seine Augen und riss sie weit auf, um alles genau zu erkennen. Ohne Zweifel stand der Kühlschrank dort. Egal, wie der dort hingekommen war, das war seine Rettung.

„Engelmann", rief er nahezu tonlos hinüber und zeigte zu seiner Entdeckung.

Ruenco musste ihn bereits gefunden haben und hatte wohl vergessen, die Tür wieder zu schließen.

Joe warf einen Blick zu Engelmann. Der war mit den Wurzeln zu Gange und hatte offenbar den Kühlschrank nicht gesehen. „Hey!", rief Joe noch einmal, aber Engelmann reagierte nicht. Also ging Joe alleine dorthin. Er torkelte, wich Stacheln aus und einem dornigen Strauch und behielt bei seinen Bewegungen die kühlen Flaschen im Auge. In unmittelbarer Nähe huschte ein Schatten vorbei. Blätter und Äste raschelten, schnelle Schritte und Knacken im Dickicht folgten. Joe drehte sich zur Seite und sah jemanden oder etwas hinter einem Baum und einem Busch mit dichten Blättern. Unschlüssig beobachtete er die Stelle. Seine Atmung war flach. War dort etwas Schwarzes zwischen den Zweigen? Fell? Oder handelte es sich nur um einen Schatten und eine optische Täuschung?

Auch nach einer gefühlten Ewigkeit bewegte sich dort nichts mehr.

Joe sah zu Engelmann zurück. Der saß im Schneidersitz an seinem Platz und grub gemächlich und gedankenverloren in der Erde.

War das Ruenco hinter dem Baum? War er der Schatten?, fragte sich Joe und verwarf den Gedanken wieder, da der Schatten viel zu schnell vorbeigezogen war.

Joe grübelte, kämpfte mit den Schmerzen und atmete bewusst. Dann sah er auf und der Kühlschrank war verschwunden. Skeptisch suchte er in allen Richtungen, schaute flink hin und her und dann langsam und gründlich.

War er noch auf Kurs? Er hatte sich doch nur kurz gedreht. Auf einmal sahen alle Bäume gleich aus. Der Wald drehte sich um ihn und die Büsche wanderten um ihn herum.

Seine Bewegungen fühlten sich hektisch an und die Augen kreisten wild.

Der Kühlschrank blieb weg.

Unsicher tapste er ein paar Schritte in die Richtung, in der das kühle Wasser gestanden haben konnte. Der Wald war fies geworden, verwirrte ihn zusehends, wollte ihn zum Narren halten, ihn auslachen und verspotten.

Dürre Zweige mit kleinen grünen Blättern peitschten ihm ins Gesicht. Joes Blick wanderte nach oben. In großer Höhe kreisten die sieben Geier und verfolgten sein Handeln. Er blieb stehen und blickte ihrem Flug eine ganze Weile skeptisch zu. Aus dieser Distanz sahen sie überhaupt nicht hungrig aus und auch kein bisschen aggressiv. Eher wie friedfertige Federknäule zum Kuscheln.

Die Sonne blendete und er legte schützend seine Hand an die Stirn. Ihr Flug war schwerelos und friedlich. Wie gerne wäre Joe ein Vogel gewesen und könnte mit ihnen in den Lüften tanzen.

Seine Kräfte ließen nach und er konnte sich nicht länger auf den Beinen halten, ging in die Hocke und bewunderte die nahezu kreisrunden Flugbahnen der sieben Geier.

Wieder huschte ein Schatten vorbei. Joe sah ihn aus den Augenwinkeln und konzentrierte sich auf das Unterholz. Laub raschelte. Etwas bewegte sich. „Ruenco?", krächzte er und hustete einige Male. Seine Reaktion war träge. Er konnte niemanden erkennen.

Dann wackelte ein großer Busch bei der Baumreihe, etwa zwanzig Meter entfernt.

„Ruen...?", versuchte er nochmals zu rufen und seine Stimme versagte. Er stöhnte leise, hielt sich die Seite und kroch auf allen vieren in diese Richtung. Die Empfindungen waren getrübt und die Schmerzen mit einem Schleier überzogen.

Wie lange Joe für die folgenden zehn Meter benötigte, stand außerhalb seines Auffassungsvermögens. In diesem Zustand spielte Zeit keine Rolle. Es konnten Minuten gewesen sein, aber auch Stunden. Er wusste es nicht.

Auf einem Stück felsigem Untergrund hielt er inne und überlegte, warum er überhaupt auf dem Boden herumkroch, und versuchte angestrengt, sich an den Grund zu erinnern.

Der heiße Stein brannte unter seinen Handflächen und die Sicht verschwamm.

Er kam nicht darauf, wusste nur, dass er etwas suchen wollte, brauchte eine lange Pause und grübelte unentwegt. Er hatte etwas gesucht. Hatte er etwas verloren? Hatte er den Weg verloren? Wo war das Flugzeug, wo Engelmanns Kamera? Die Gedanken kreisten wirr.

Die Welt bestand aus Bäumen, Dornen und Hitze.

Joe legte sich auf den heißen Felsen und sah zu der Baumreihe hinüber.

Nach einer Weile bewegte sich dort wieder etwas, zischte von Baum zu Baum und verbarg sich weiter hinten. Dann konnte Joe erkennen, was dort vor sich ging. Ein großer kräftiger Affe mit dunkelbraunem langen Fell stand dort und starrte ihn an und verfolgte jede seiner Bewegungen genaustens.

Joe kannte die Caraya. Sie gehörten zu den Allesfressern und jagten zuweilen im Rudel, wenn der Hunger groß genug war. Sie würden ihn umkreisen, angreifen und in Stücke reißen. Und er war nicht in der Lage zu fliehen oder ihnen irgendetwas entgegenzusetzen. Gegen diese muskulösen

Tiere hatte er nicht die geringste Chance.

In seiner Brust erhöhte der Taktgeber das gleichmäßige Hämmern. Der Puls und das Adrenalin versammelten sämtliche Reserven seines Körpers. Joe stützte sich auf den Boden, hievte eine Schulter hoch, erhob sich, legte beide Hände auf die Knie, sah zu dem Affen und lief gebeugt zurück. Dann drehte er sich um und sah einen weiteren Affen in einer Baumkrone und noch einen auf der Seite. Vier oder fünf Caraya waren zu sehen, vermutlich versteckten sich weitere. In seiner Nähe war noch einer hinter einem Baum und Joe wich zurück, erkannte, dass es Ruenco war, der wie fallengelassen dort zusammengesunken lag.

Joe griff nach einem dürren Ast, der noch fest mit dem Busch verbunden war, und ruckte daran, zog und ließ ihn schließlich los. Ohne Waffe schwankte er weiter, fiel auf die Knie und krauchte das letzte Stück zu Ruenco. Hektisch sah er sich um. Die Affen waren nicht mehr zu sehen.

Erschöpft ließ sich Joe neben Ruenco nieder und blieb liegen, wie er lag. Die Augen halb geschlossen, wollte er nur bei Sinnen bleiben und sich ein wenig ausruhen.

Stechende, brennende Schmerzen lenkten sein taub gewordenes Bewusstsein auf das rechte Knie. Er hob seinen Kopf und bäumte sich auf. Dort saß ein dicker Dorn, der sich durch die Jeanshose in sein Fleisch gedrückt hatte und einige Zentimeter herausstand.

Wie ein lästiges Insekt streifte ihn Joe beiläufig ab. Dann sah er zu Ruenco. Der bewegte sich nicht und hatte die Augen geschlossen. Sein Arm war verdreht.

Joe stieß ihn an, fühlte auf der Brust nach dem Herzschlag.

Keine Reaktion.

Lautes Knacken im Baum neben ihn lenkte ihn ab.

Dort saß wieder ein Affe und darüber zwei weitere. Sie hatten sich genähert.

„Affen", stöhnte Joe und riss sich dabei die zusammenklebenden Lippen blutig. Seine Hand lag auf Ruencos Brust.

Joe beobachtete die Affen und die gesamte Gruppe der Affen beobachteten ihn und die anderen.

Ruenco hustete armselig.

„Affen", wiederholte Joe. „Wir müssen weg."

Schwerfällig hob Ruenco den Kopf. Dabei öffnete er die Augen und sah taub zu den Bäumen auf. „Wo Affen sind, ...", krächzte er langsam Wort für Wort. „... gibt es Wasser."

Joe brauchte etliche Sekunden, um den Inhalt seiner Worte zu verstehen. Doch dann kam die Bedeutung an und er öffnete hoffnungsvoll die Augen.

Wasser, dachte Joe. Wasser!

Hatten sie wirklich die Chance, Wasser zu finden? Hatten sie die Chance weiterzuleben?

Diese Vorstellung mobilisierte ihn und brachte ihn auf die Beine. Zwar stand er wackelig und musste sich am Stamm abstützen, aber er stand nahezu aufrecht.

„Suchen wir", brachte er hervor und beobachtete die Affen. Mit dem Jagdmesser könnten sie sich wehren. Vielleicht würde es genügen, den ersten Angreifer zu erwischen, damit die restliche Horde den Rückzug antrat.

Ruenco hustete wieder und bewegte sich ein wenig. Er wollte aufstehen und Joe half ihm dabei. Stöhnend richtete er sich auf.

„Messer", quälte sich Joe hervor und Ruenco schüttelte den Kopf. In seinen Augen lag keine Angst. Vertraute er den Affen? Zeigten sie ihnen gar den Weg zum Wasser? Er überlegte und dachte: Wenn die uns erledigen wollten, wären wir schon längst tot.

Gemeinsam schwankten die beiden Männer zu den Affen und fanden nach einigen Metern Engelmann im Schatten liegen. Fragend sah er sie an und Joe nickte ihm zu und sagte: „Wasser." Seine Lippen bewegten sich kaum und die Kehle brachte nur ein Säuseln hervor, aber Engelmann verstand offenbar. Denn er erhob sich recht zügig und taumelte ihnen hinterher.

Ruenco war nicht mehr in der Lage, aufrecht zu

gehen, und konnte sich schlecht auf den Beinen halten. Ohne die Hilfe von Joe wäre er auf der Stelle gestürzt und liegengeblieben.

Direkt hinter der Baumreihe und den Büschen lag eine Lichtung mit sandigem Boden. Schritt für Schritt schleppten sie sich dorthin und sahen die Sonne auf dem Boden funkeln. Eine schmale langgezogene Wasserlache lag dort unten. Nur ein paar Meter entfernt hinter dem Sand und umgeben von roter Erde. Die Caraya hatten sie dort hingeführt. Ohne sie hätte ihre Geschichte unter dem letzten Etappenbaum geendet.

Gegenseitig sahen sich Ruenco und Joe an und ihre Augen glänzten im Licht der Zuversicht. Aber niemand sprach es aus, auch wenn es nur den einen Gedanken gab: -1483453027 Wasser!

Sie humpelten und taumelten, so schnell es ihnen möglich war, weiter und weiter. Ruenco knickte ein und Joe zog ihn wieder hoch. Hinter ihnen sah er Engelmann auf allen vieren zu ihnen kriechen.

Nur noch zehn Meter entfernt lag die Wasserlache ausgebreitet wie ein fürstlich gedeckter Tisch und erwartete sie. Nur dieser Gedanke kreiste in ihren Köpfen.

Ruenco stöhnte, krümmte sich, hielt sich die Brust und brach zusammen. Wieder fing Joe seinen Sturz auf und zog ihn an seinem Arm hoch. Doch seine Kraft genügte nicht.

„Komm", sagte Joe, zerrte ihn weiter. Ruenco kroch, hievte sich hoch, stieß einen Seufzer aus und hinkte stark gebeugt und mit Joes Hilfe bis zum Wasser.

Als Erstes kniete sich Joe vor die Furche, reckte seine Hand aus und tauchte sie hinein. Das Wasser war real. Es wirkte frisch und kühl und trüb wie heiße Schokolade. Ohne zu überlegen, versenkte er seinen Kopf im Nass und trank den ersten großen Schluck. Und den nächsten, holte Luft, tauchte nochmals ab und trank wie ein Elefant. Immer wieder ließ er das rettende Wasser in seine Kehle laufen und spürte die Wohltat mit jedem weiteren großen Schluck.

Nass tauchte er auf, sah zur großen Ebene vor ihnen und dankte innerlich Gott und der Welt. Daneben trank Ruenco und Engelmann kam angekrochen und ließ sich in das Wasser fallen.

Dann trank er wieder, wischte sich erleichtert über die Lippen und sah sich um. Sie befanden sich auf einem Sandweg, der am nördlichen Ende um den Trockenwald führte und die Wasserlache hatte sich beim letzten Regen in den tiefen Fahrspuren gesammelt.

Sie hatten es geschafft. Sie waren dem Trockenwald entkommen.

„Lieber Gott, wir danken dir, Herr, du Schöpfer allen Lebens, für deinen Segen und die Wunder der Natur", sagte Joe zum strahlend blauen

Himmel empor und die drei krächzten einen Jubelgesang. Sie wussten, dass sie gerettet waren.

Vor ihnen lagen etwa zehn bis zwanzig Kilometer bis zum Militärstützpunkt Lagerenza und nach einer ausgiebigen Pause stellte diese Strecke auf der Ebene kein großes Problem mehr für Joe dar.

Noch einmal trank er einen großen Schluck aus der Furche und lächelte. In diesem Gebiet kannte er sich einigermaßen aus. Vor Jahren war er in der Gegend unterwegs gewesen, auf dem einzigen Weg am Rande des Nationalparks gefahren und wusste in etwa, wo sie hingehen mussten.

Sein Körper blühte auf, die Schmerzen in der Niere ließen nach und das Blut pulsierte schneller durch die Adern.

„Wir haben es geschafft", sagte Engelmann mit ganzer Seele und seine Augen strahlten Lebenswillen aus.

Joe sah in sein zerschundenes, aber glückliches Gesicht, nickte und sagte schlicht: „Ja."

Engelmann kam zu ihm, fiel ihm um den Hals, drückte ihn und lächelte das erste Mal.

„Wir haben es geschafft, mein Freund", wiederholte Joe und klopfte ihm auf den Rücken. Dann vollführten sie ein kleines unbeholfenes und langsames Tänzchen. Sie waren erschöpft und die Muskeln träge, doch tanzten sie wie junge Hunde in der Pfütze herum.

Ruenco lag noch am Wasser und schöpfte sich mit der Hand die trübe Brühe in den Mund und über den Kopf.

„Danke, lieber Gott", flüsterte Joe ein weiteres Mal und sah zu den Dornen zurück. Seine Zeit war noch nicht gekommen.

Epilog

Nach einer ausgiebigen Pause erreichten die drei etwa einen Kilometer weiter den Fluss bei Lagerenza. Ruenco kam nicht ohne Hilfe voran. Er hatte starke Schmerzen in der Brust und wurde abwechselnd von Joe und Engelmann gestützt.

Sie wateten ein ganzes Stück am Rande des Flusslaufes, bis sie zu einer Stelle kamen, die flach genug war, ihn zu überqueren. Etwa eine halbe Stunde später fanden sie eine verlassene, einfachen Hütte ohne Fensterscheiben und Türen.

Dieser ehemalige Wachposten wurde schon viele Jahre nicht mehr genutzt. Ein klappriger Holzstuhl, ein Tisch und verstaubte Bretter befanden sich darin.

Die Pause im Schatten tat ihnen gut, doch ihre Rettung trieb sie voran. Schon nach wenigen Minuten liefen sie weiter und wurden auf dem sandigen Weg von drei berittenen Wachposten der Militärstation aufgelesen. Sie nahmen sie auf ihren Pferden in die Basis des ehemaligen Gefängnisses, das noch aus der Stroessner Diktatur stammte, mit.

Obwohl Engelmann keinen einzigen Schritt

mehr laufen konnte, nachdem er vom Pferd gestiegen war, war die Erleichterung bei ihm und Joe enorm und die Freude unübertroffen. Nur Ruenco zeigte kaum eine Reaktion. Weder Freude noch Dankbarkeit für die göttliche Fügung und ihre Erlösung. Schmerzen und Fieber hatten ihn fest im Griff und zogen ihn ins Delirium der Geister.

Das Militär in der Basis wusste über den Absturz Bescheid. Sie hatten seit zwei Tagen an der Grenze zum Trockenwald patrouilliert und waren auf sie vorbereitet.

Ruenco wurde umgehend mit einem Hubschrauber in ein Krankenhaus nach Asunción gebracht und Joe und Engelmann kamen in das karge Lazarett auf der Basis.

Sie aßen Galletitas, tranken klares Wasser und feierten ihre Rettung. Am selben Nachmittag brannte ein junger Soldat den beiden mit einer Zigarette dutzende Zecken aus der Haut und eine weitere Stunde später flogen sie mit einer kleinen Militärmaschine zu Grandpas Farm.

Geschunden, aber wohlbehalten endete ihr Abenteuer mit einem großen Fest, an dem die Nachbarn, Freunde und die Familie zusammenkamen. Dafür schlachteten sie eine Ziege und feierten bis zum Morgengrauen.

Albert hatte nie nach den Gewürzen oder dem Ersatzriemen für den Traktor gefragt. Stattdessen schenkte er Joe seinen geliebten Wendland.

Seit diesem Tag wurde Joe gelassener. Probleme verloren an Gewichtung und das Hier und Jetzt gewann in allen Situationen des Lebens an Bedeutung. Nur wenige Monate darauf gründete er eine deutschsprachige Zeitung in Paraguay und konzentrierte sich auf eine sonnige Lebensweise, die Entspannung und den Genuss des Augenblicks.

Denn das Wichtigste auf der Welt sind Luft und Wasser, erzählt er noch heute seinen Freunden, wenn er das Unglück schildert. Aber fast ebenso wichtig sind ihm seine Familie und die Liebe. Bei der Verabredung mit Staci entstand eine gute Freundschaft zwischen ihnen.

Albert verzichtete auf eine Strafanzeige gegen Ruenco. Bis zum heutigen Tage haben Joe und Albert nie wieder etwas von ihm gehört.

In diesem Sommer bekam Ivey die Schneekugel nicht mehr. Dafür wurde sie mit einer dreiwöchigen Reise in die schneebedeckten Berge bei Salta in Argentinien überrascht. Dort tanzte sie für ihn, für die Liebe und alles Gute in der Welt ihren neu einstudierten Tanz und sie sangen ihr gemeinsames Lied dazu. Ihr Versprechen an Gott hat sie verständnisvoll eingelöst.

Staci war überall mit dabei. Sie begleitete die beiden in den Schneeurlaub. Und in diesen Tagen keimte ihre Freundschaft und wurde zur innigen

Liebe, die bis heute anhält.

„Auch wenn ich das Gefühl bekomme, dass die Probleme dieser Welt größer werden, dass die Menschen nicht aus der Vergangenheit lernen und so manch persönliche oder harte Rückschläge sie zweifeln lassen, bin ich doch der festen Überzeugung, dass jedes Unrecht und jedes Unglück gut enden kann. Denn ich habe es selbst erlebt.

Und geht es durch dunkle Täler, fürchte ich mich nicht, denn ich habe gesehen die Welt und das Leben und was auch immer geschieht. Amen."

Deshalb sorgt euch nicht um morgen und tut, was ihr tun müsst, von Herzen.

Ivey Wilson

Ein persönliches Wort des Autors

Das Leben schreibt die besten Geschichten, so sagt man jedenfalls. Und an dieser Weisheit ist einiges dran. Gerade die Emotionen, unfassbare Ereignisse oder Wendungen bietet das Leben immer wieder und in reicher Zahl. Manche davon sind so unglaublich, dass sie weitererzählt und fortgetragen werden.

So auch die Geschichte von Joe.

Sein Unglück ereignete sich am 12. Februar 2004. Seitdem mussten fast zwei Jahrzehnte vergehen, bis ich davon erfahren habe. Nun war es an der Zeit, aus seinem unfreiwilligen Abenteuer dieses Buch aufzuschreiben.

Damals, als das Unglück passierte, lebte ich in Deutschland und hatte mit dem Bücherschreiben nicht viel am Hut. Wie es scheint, haben die Zeit und das Schicksal bedeutendere Einflüsse auf die kleinen und großen Dinge in unserem Leben, als viele von uns vermuten. Und so kam es, dass ich 2019 meinen Wohnsitz nach Paraguay verlegte. In den sechs Jahren davor hatte ich bereits dreizehn Romane geschrieben, von denen sieben Bücher von vier Verlagen veröffentlicht wurden. Auch hier in Paraguay, in meiner neuen Heimat und in meinem neuen Leben, arbeite ich weiter an den Geschichten und Projekten und finde ständig neue Ideen. Da hörte ich die Geschichte von Joe, der im wahren Leben Jochen Pistorius heißt. Wir kamen in Kontakt und ich hörte mir seine Geschichte über viele Stunden an.

Auch wenn für mich nach all meinen Romanen in den Bereichen Thriller, Fantasie, Liebesgeschichte oder Endzeit die wahre Begebenheit schriftstellerisches Neuland war, wagte ich mich an das Projekt. Was in fiktiven Romanen mit konstruierten Ereignissen und ausgetüftelten Spannungsbögen akribisch erarbeitet werden kann, stand nun einzig und alleine in der Wahrheit und dem Geschehenen.

Abschließend möchte ich jedoch um Verzeihung bitten, die ein oder andere Stelle im Buch etwas dramatischer beschrieben oder leicht abgewandelt zu haben. Ebenso sei mir verziehen, vielleicht nicht alle Gefühle und Emotionen exakt beschrieben zu haben und dass die drei Unglückshelden in den vier Tagen nach ihrem Absturz real fast nichts gesagt haben. Auch bin ich Jochens Tochter, die ich in diesem Roman Ivey genannt habe, nie wirklich begegnet, um sie nach ihrer Meinung zu fragen. Vielleicht treffen wir uns eines Tages und sie erzählt mir diese Epoche aus ihren Erinnerungen.

Am Ende ist dieses Buch die wahre Geschichte von Joe geblieben, die er schon einhundert Mal Freunden und Bekannten erzählt hat und immer wieder in seiner mitreißenden und liebevollen Art die Menschen begeistern konnte und jedes Mal von Neuem in den Bann gezogen hat. Nun liegt sie erstmals für all jene vor, die sich für sein außergewöhnliches Abenteuer interessieren. Eine Geschichte, die niemand von uns selbst erleben sollte.

Danksagung

Nun hoffe ich, dass ich Sie, liebe Leserin und lieber Leser, mit dem vorliegenden Ergebnis in eine abstruse, aber wahrhafte Welt der Gefahren, der Angst und Verzweiflung, aber auch der Stärke und des Glaubens an sich selbst hineinziehen konnte und Ihnen die Erzählweise über Joes Geschichte gefallen hat.

Ohne Jochen Pistorius, der diese Geschichte selbst erlebt und erzählt hat, gäbe es den Roman nicht. Vielen Dank für die überaus freundliche Zusammenarbeit. Und auch Verena Hagemeister muss ich meinen Dank aussprechen, denn sie war es, die Jochen und mich überhaupt erst zusammengebracht hat.

Einen besonderen Dank gebührt natürlich meiner Lektorin Petra Liermann, die mich bereits bei anderen Büchern begleitet hat und auch aus diesem Manuskript mit ihren professionellen Tipps eine runde Geschichte gemacht hat.

Ebenso danke ich den Betreibern von unzähligen YouTube-Kanälen, Blogs und Webseiten, bei denen ich für die spezifischen Recherchen viele Informationen sammeln und einiges an Fachwissen dazulernen konnte.

Ich danke meiner Familie und meiner Frau, die mir stets den Rücken zum Schreiben freigehalten haben.

Nicht zu vergessen sind die lieben Testleserinnen und Testleser, die mit ihren konstruktiven Ratschlägen und vielen motivierenden Worten die Story verbessern konnten. Hier möchte ich Doris ganz besonders herausstellen und danke für die tolle Unterstützung und die kritischen und motivierenden Worte.

Letztlich möchte ich nicht versäumen, mich bei Ihnen, liebe Leserin und lieber Leser, für den Kauf dieses Buches zu bedanken. Denn nur durch Sie ergibt die ganze Arbeit einen Sinn und führt meine Bestimmung des Schreibens zur Vollendung.
Danke für die vielen freundlichen Rezensionen, das positive Feedback und die hilfreichen Empfehlungen.

Danke!
Perry Payne

Romane und Bücher von Perry Payne

Occasion – Die zweite Welt

Erschienen bei PPB – Perry Payne Books
Endzeit, Science-Fiction, Leben, Liebe
Taschenbuch, 492 Seiten
ISBN: 978 3740769086 (auch als EBook erhältlich)

Unausweichlich rast ein gigantischer Planet auf die Erde zu. Die Prognosen für das Fortbestehen der Erde sind verschwindend gering. Während auf der Erde das Chaos ausbricht, die Wirtschaft und jegliche gesellschaftliche Strukturen zum Erliegen kommen, versuchen die Menschen auf den unbekannten Planeten zu fliehen. Jedoch reichen die Kapazitäten der Shuttles nur für eine kleine Elite. Ein heißer Kampf um die Flugtickets entbrennt weltweit, auch wenn niemand weiß, was die Menschheit auf dem fremden Planeten erwartet.

Acht Einzelschicksale in acht Geschichten, die miteinander verwoben sind, vor, während und nach der größten Katastrophe der Menschheit.

28m²-Die Probandenstudie

Erschienen im Franzius Verlag GmbH
Thriller
Taschenbuch, 326 Seiten
ISBN 978-396050-168-8 (auch als EBook erhältlich)

Sydney, eine junge Studentin aus Greenville meldet sich zu einer Probandenstudie an und wird in einem Raum ohne Fenster und Türen gesperrt. Sie muss sechs Wochen lang für ihr Essen kämpfen und die Zeit überleben. Den einzigen Kontakt kann sie über einen alten Computer zu weiteren vier Probanden herstellen. Als die Zeit endlich um ist, beginnt ihr wahrer Kampf.

Für eine Stunde

Erschienen im Franzius Verlag GmbH
Thriller, Fantasy, Liebe, Lebensgeschichte
Taschenbuch, 346 Seiten
ISBN: 978-3960501305 (auch als EBook erhältlich)

Noch vor ihrem 18. Geburtstag muss Amy Graham ihr Elternhaus verlassen. Auf dem Weg zu ihrem unbekannten Großvater wird sie brutal vergewaltigt. Daraufhin versteckt sie schwere Depressionen hinter einer quirligen, offenherzigen Art, die die Menschen um sie herum tief berührt. Doch niemand erkennt ihren Schmerz, außer einem Fremden, der jeden Tag für genau eine Stunde aus einer längst vergessenen Zeit zu ihr kommt.

„Wenn ein Mädchen zur Frau wird, oder ein Junge zum Mann, dann bilden sich Synapsen, die mit neuer Lebensenergie den Geist im Wandel der Dualität vollenden. Wird dieser Moment unterbrochen, dann befindet sich deine Seele außerhalb der Ordnung aller Dinge."

The Moran phenomenon

Erschienen im Brighton Verlag
Thriller, Science-fiction, Liebe
Taschenbuch, 300 Seiten
ISBN: 978-3958765573

Ungewöhnliche Dinge passieren im verschlafenen Städtchen Moran in Wyoming. Immer mehr Menschen sterben auf mysteriöse Weise. Als Ursache stellen sich winzige, tödliche Blasen heraus, die sich langsam zu einer undurchdringlichen Barriere um die Bergregion ausbreiten. Schnell werden die Einwohner eingeschlossen und die Lage eskaliert. Angst breitet sich aus und verändert die Menschen.

Als die gleichen Phänomene ebenso in anderen

Städten auftauchen, wird schnell klar, dass in wenigen Tagen das ganze Land ausgelöscht sein wird. Ein Wettlauf gegen die Zeit beginnt.

Es erwarten dich die Angst vor dem tödlichen Unbekannten, Witz und einige romantische Liebesbeziehungen.

Wie viele Männer braucht das Glück

Erschienen im Justtales Verlag
Liebesgeschichte, Spannung
Taschenbuch, 280 Seiten
ISBN: 978-3-947221-20-2 (auch als EBook erhältlich)

Als Sina Hamlin ihre Scheidungspapiere in der Hand hält, glaubt sie, ihre einzige Chance auf Glück vertan zu haben. Josy, ihre beste Freundin, bei der sie seit der Trennung wohnt, ist anderer Meinung. Sie überredet Sina zu 20 Dates innerhalb des folgenden Monats. Zögernd lässt sich Sina darauf ein, findet mit der Zeit sogar Gefallen daran, baut Freundschaften auf und erfährt ihren ersten berauschten Sex. Die aufgeschlossenere Josy hingegen muss um ihre bisher geordnete Existenz bangen und so wirbelt dieser Monat das Leben beider jungen Frauen ordentlich durcheinander.

Witziger, verrückter und überaus prickelnder

Roman voller Spannung und überraschendem Ende.

KATE - Die letzte Göttin

Erschienen im Franzius Verlag GmbH
Fantasy, Abenteuer
Taschenbuch, 320 Seiten
ISBN-13: 978-3960500575 (auch als EBook erhältlich)

Eine verwirrende Dreiecksgeschichte beginnt, als Kate Neverate, die auf der Suche nach ihrem Sohn ist, in den Hades verschleppt wird. Denn die Unterwelt, allen voran Trish, die Tochter des Dolios, hat ein starkes Interesse an Kates Tod. Während Trish jedes Mittel recht ist, um Kate in der Unterwelt zu töten, und dafür den Sterblichen Jaime benutzt, verliebt sich dieser in die hinterhältige Trish. Ihr Plan, dass Jaime Kate über ihre Liebe vernichtet, scheint zu scheitern. Auch, weil einige Götter und ihre Töchter einschreiten, die das Überleben der Menschheit sicherstellen wollen. Und dafür brauchen sie Kate.

(Zweites Buch der Reihe)

KATE - Eine Göttin auf Erden

Erschienen im Franzius Verlag GmbH
Fantasy, Abenteuer
Taschenbuch, 417 Seiten
ISBN-13: 978-3960500490 (auch als EBook erhältlich)

Kate, die wunderschöne Meeresnymphe wird vom Olymp auf die Erde verbannt. Sie ist mächtig und schlau, kennt aber die Menschen nicht und hat keine Vorstellung davon, wie sie leben. Ohne ihre göttlichen Kräfte hat sie es auf der Erde schwer und ist gezwungen, sich auf diese primitive Spezies einzulassen. Sie entdeckt die neue Welt mit ihrer quirligen Art und sorgt für reichlich Wirbel bei den Menschen. Eigentlich wäre ihre Verbannung gar nicht so übel, wenn nicht ein mächtiger Gott versuchen würde, sie zu töten.

(Erstes Buch der Reihe)

Lennart Beck - Experiment seines Lebens

Erschienen bei PPB – BookRix
Kurzgeschichte, 20 Seiten + 22 Seiten Bonus
ISBN: 978-3-7368-9186-9 (als EBook)

Lennart Beck ist ein erfolgloser Wissenschaftler,

der als Reinigungskraft in seiner ehemaligen Universität arbeitet. Als chaotischer und exzentrischer Einzelgänger hasst er die Menschen, insbesondere die Frauen. Um seine Forschungen voranzutreiben, geht er eine Verbindung mit einer dubiosen Gruppe ein. Seit Jahren kann Lennart aber nicht die gewünschten Ergebnisse liefern. Bei einem überraschenden Besuch von Schlägern wird ihm das halb fertige Präparat selbst gespritzt und er wird zur Versuchsperson seines eigenen Experimentes. Das Mittel zeigt unglaubliche Wirkungen. Lennart hat es geschafft. Reichtum und Erfolg verändern schlagartig sein Leben. Er fühlt das erste Mal das Wunder der Schöpfung und der Liebe. An der Spitze seines Ruhms sieht jedoch alles völlig anders aus. Schockierend und unerwartet.

Reisetagebuch Paraguay

Erschienen bei PPB / Vertrieb durch Amazon
Ratgeber, Bildband
Hardcover, Hochglanz 132 Seiten
ISBN: 978-3-00-061074-5

Der Binnenstaat Paraguay bietet viel unberührte Natur, zahlreiche Naturschutzgebiete und Sehenswürdigkeiten, wie der Ybycuí-Nationalpark, das Regenwaldgebiet, Botanische Gärten, die christlichen Missionen als Weltkulturerbe und verschiedene Museen. Im Gegensatz dazu gibt es moderne Shoppingcenter und traditionelle Märkte, auf denen einheimische Handwerkskunst feilgeboten werden. Touristisch ist das südamerikanische Land ein unbeschriebenes Blatt und ideal für Individualreisende geeignet. Auch für Langzeiturlauber hat Paraguay einiges zu bieten. Neben dem warmen Klima, etwa 300 sonnigen Tagen pro Jahr und der gelassenen Mentalität der Einheimischen, zählen vor allem die günstigen Preise für Ferienhäuser und Grundstücke.

- 294 Farbfotos
- 14 begleitende Videos (über QR Code)
- Bonusartikel über die Zeiten der Pandemie
- Erfahrungsbericht vom Land und der Kultur
- Ausflugsziele & Sehenswürdigkeiten
- Tipps für Urlauber und Abenteurer